Chère Lectrice,

Pour saluer l'arrivée de l'été, votre collection Rouge Passion vous propose de délicieux romans, frais et acidulés à souhait. Un parfum d'évasion flotte dans l'air... Et Emilie, la jolie mariée, s'y adonne sans retenue, au point de prendre la poudre d'escampette quelques minutes avant l'échange des vœux. Elle sait pourtant qu'*On ne se marie qu'une fois* (919). Reste, pour elle, à trouver le bon candidat! Au Nebraska, peut-être?

Victoria, quant à elle, est bien décidée à ne pas quitter Miami. Mais elle n'en cherche pas moins un mari! Un spécimen rare — notre Homme du mois — qui aurait *Tout pour plaire...* (924) La même exigence habite Susan Crosby, l'auteur de *Brûlant secret* (921), qui avoue un faible pour les héros au tempérament de feu et au cœur tendre — exactement comme Chase Ryan, qu'elle nous invite à découvrir ce mois-ci au côté de Tessa Rose, sa volcanique héroïne. Tout aussi volcanique est Brenda, qui forme une *Association de charme* (923) avec Spencer, l'apprenti cambrioleur... Rire et frissons garantis!

Enfin, pour achever de pimenter vos lectures, embarquez pour un voyage plein de suspense au cœur de la Louisiane française avec *Le passé pour ennemi* (920), avant de demander votre route à *Un ange nommé Désir* (922), bien sûr.

Bonne lecture!

La Responsable de collection

ATTENTION

Programme Rouge Passion de juin exceptionnel !

4 titres **inédits** (nos 919 à 922)

2 titres inédits (nos 923 et 924)
rassemblés dans un **coffret spécial**
avec en cadeau **1 roman GRATUIT**
de la collection Désirs.

Pour **37,60 FF*** **seulement**
(le prix de 2 romans Rouge
Passion), vous pouvez profiter
d'un troisième livre gratuit !

3 POUR LE PRIX DE 2

* **Suisse**: 10,80 SFr • **Belgique**: 250 FB

On ne se marie qu'une fois

Sylvie Giraux

KRISTINE ROLOFSON

On ne se marie qu'une fois

COLLECTION ROUGE PASSION

Cet ouvrage a été publié en langue anglaise
sous le titre :
THE BRIDE RODE WEST

Traduction française de
JULIE VALENTIN

HARLEQUIN ®
est une marque déposée du Groupe Harlequin
et Rouge Passion ® est une marque déposée d'Harlequin S.A.

1.

Ce fut un baiser qui déclencha la catastrophe.

Un baiser audacieux, passionné, plein de désir...

Abasourdie, Emilie observait la scène depuis le seuil de la sacristie. L'un des deux hommes qui s'étreignaient ainsi avec fougue était son fiancé, qu'elle était censée épouser dans quelques minutes.

La jeune femme serra son bouquet contre sa longue robe de soie blanche en pétrissant nerveusement les fleurs entre ses doigts. Grands dieux, c'était impossible! Ce qu'elle avait devant les yeux était un cauchemar...

— Emilie?

Ken, son fiancé, venait de l'apercevoir. Son visage reflétait une angoisse infinie. A son côté, l'homme qu'il venait d'embrasser la regardait d'un air terrifié, comme si elle tenait son destin entre ses mains.

Derrière eux, les premiers accents de la marche nuptiale se firent entendre. Mille trois cents invités triés sur le volet avaient pris place dans l'église et attendaient les futurs époux.

— Emilie, ce n'est pas ce que tu crois, affirma Ken d'un ton anxieux.

— Je crois ce que j'ai vu, rétorqua Emilie.

Elle le regarda droit dans les yeux.

— Au fond, tu ne m'aimes pas. Et tu ne m'as sans doute jamais aimée.

— Tu te trompes! Je t'aime depuis toujours, ma chérie.

Elle secoua ses boucles brunes couvertes d'un voile immense, arachnéen, entièrement brodé de perles fines, et recula d'un pas.

— Pourquoi m'as-tu caché que tu en aimais un autre ? lui reprocha-t-elle, les larmes aux yeux.

— Ne t'en va pas, je t'en prie ! implora-t-il.

Il se précipita vers elle pour lui attraper la main.

Emilie prit une profonde inspiration. A cet instant précis, deux options s'offraient à elle : soit elle posait la tête sur l'épaule de Ken, si beau, si fort, si intelligent, et elle l'écoutait lui déclarer qu'il l'aimait, qu'il l'aimerait toute sa vie, en s'efforçant de croire que ce qu'elle avait vu n'était qu'une hallucination produite par le stress des préparatifs du mariage. Soit elle le repoussait, et annulait la cérémonie.

Elle se redressa de toute sa petite taille, leva le menton bien haut, et s'écria d'un ton rageur :

— Tu aurais dû me dire la vérité, Ken !

Il eut un rictus amer.

— Cela aurait été un suicide politique, ma chère.

— Mais mon père...

— ... a organisé pour nous le mariage le plus fabuleux que Chicago ait jamais vu. Nous ne pouvons pas le décevoir, Emilie. Ni lui ni ses invités.

Ken n'hésita qu'une fraction de seconde avant d'ajouter froidement :

— D'ailleurs, je suis sûr que nous pouvons nous arranger pour oublier ce... cet incident.

— Non.

— Pourtant, il le faut ! Tu ne peux pas annuler ce mariage, Emilie. Tous les journalistes de la ville sont là. Ce serait un tel scandale, alors que je suis à deux doigts de me faire élire sénateur. Tu ne peux pas...

— Oh, si, je peux.

Sur ce, Emilie pivota sur la pointe de ses escarpins en satin blanc et traversa la sacristie en courant. Elle saisit le sac de voyage qui contenait ses affaires pour la lune de

miel, et fila vers la sortie. Derrière elle, ses trois demoiselles d'honneur vêtues de rose — les sœurs de Ken —
poussèrent des cris stridents de perruches effarouchées.

La jeune femme allait sortir de l'église par une porte
latérale quand elle se trouva nez à nez avec Paula, son
témoin et sa meilleure amie.

— Emilie ! Que se passe-t-il ?

— Je...

Si elle lui confiait ce qu'elle venait de voir, la réputation de Ken serait détruite à tout jamais.

— J'ai décidé d'annuler mon mariage, Paula. Je l'ai
dit à Ken.

— Mais... Et ton père ? Il faut que tu le lui dises aussi,
mon chou. Attends-moi ici. Je vais le chercher.

Paula s'éclipsa aussitôt, tandis qu'Emilie achevait
d'effeuiller les derniers boutons de rose de son bouquet
de mariée.

George Grayson la rejoignit dans la petite salle attenante à la sacristie. Grand, mince, les tempes argentées,
le teint perpétuellement hâlé, l'œil gris métallique et le
sourire carnassier, il était le prototype de l'homme qui
estime avoir réussi dans la vie et qui tient à le montrer au
monde entier.

Il lança un coup d'œil aux jeunes filles en rose qui chu-
chotaient entre elles, au fond de la pièce, en épiant Emilie.

— Mesdemoiselles, je souhaiterais m'entretenir deux
minutes avec ma fille, s'il vous plaît. Seul, ajouta-t-il,
comme les sœurs de Ken demeuraient immobiles, les
yeux écarquillés, et l'oreille aux aguets.

Dès qu'ils furent en tête à tête, le sourire de George
s'effaça et son regard se durcit.

— Alors ? Tu nous fais une crise de nerfs, Emilie ?

— Je viens de voir Ken en train d'embrasser...
quelqu'un, murmura-t-elle, les larmes aux yeux.

— Tu t'es trompée, commenta son père, impassible.

— Non.

Devait-elle raconter à son père ce qu'elle avait vu? Elle hésita un instant, puis préféra garder le silence. Si George apprenait la vérité à propos de Ken, il risquait de mettre sa carrière en péril pour venger l'honneur familial.

Comme elle demeurait muette, le vieil homme haussa les épaules.

— Eh bien, tant pis. D'après les sondages, Ken va être élu, et c'est ce qui compte. Je serai le beau-père d'un sénateur, et toi, tu seras sa femme.

Emilie prit une profonde inspiration.

— Non, papa. Désolée, mais je ne vais pas l'épouser.

L'air de George se fit menaçant.

— Tu sais ce que représente ce mariage pour moi, Emilie? L'aboutissement de toute une carrière. Le père de Ken et moi-même, nous avions décidé de mêler les destinées politiques de nos deux familles depuis des années. Et ce n'est pas parce que tu as été témoin d'un fâcheux incident que tu vas tout gâcher! Bon sang, Emilie, tu n'es plus une gamine!

— C'est vrai. Je suis même devenue adulte depuis quelque temps, papa. Tu ne l'avais pas remarqué?

— Pour l'instant, la seule chose que je puisse remarquer, c'est que tu me fais une scène parfaitement inutile, répliqua-t-il d'un ton cinglant.

Il jeta un coup d'œil au cadran de sa montre.

— Je te laisse dix minutes pour te ressaisir avant de t'accompagner jusqu'à l'autel. Pendant ce temps, je vais parler à Ken. Je lui demanderai de se montrer plus discret à l'avenir. Imagine qu'un photographe ait été présent, au moment de cet... incident? Tu vois le scandale? Alors qu'il est à deux doigts de devenir sénateur...

— Papa... Je ne veux pas me marier.

Ni aujourd'hui ni plus tard, songea-t-elle, désespérée. Elle ne pourrait jamais échanger des vœux avec Ken devant un prêtre en sachant pertinemment qu'ils ne seraient pas respectés.

— Tu es ma fille, ne l'oublie pas! Ce mariage doit se faire, et il se fera.

Il lui décocha un sourire glacial.

— Tu m'as bien compris, j'espère?

Emilie baissa la tête. Comme d'habitude, la seule priorité, pour George Grayson, c'était... George Grayson. Même s'il s'agissait du mariage de sa fille unique.

— Oui, papa, murmura-t-elle.

— Parfait. Rendez-vous dans neuf minutes dans la nef, déclara-t-il après avoir jeté un nouveau coup d'œil à sa montre.

Il se détourna, ouvrit la porte, et annonça à la cantonade:

— Vous pouvez revenir... Ma fille se sentait juste un peu nerveuse, mais tout est arrangé. Je vais prévenir l'organiste que nous arriverons dans quelques instants.

Très excitées, les trois perruches roses pénétrèrent dans la pièce en poussant des piaillements suraigus. Paula se précipita vers Emilie et lui chuchota à l'oreille:

— Tu as l'air désespéré... Est-ce que je peux t'aider?

— Oui. Appelle un taxi, dis-lui de m'attendre derrière l'église, et fais en sorte que les journalistes ne te voient pas, murmura-t-elle, tout en souriant à l'une des demoiselles d'honneur qui la fixait d'un air fasciné.

— Tu es sûre? demanda Paula, à voix basse.

— Absolument. Et il faut que j'emporte mon sac de voyage sans attirer l'attention.

— Nous allons leur dire que nous nous éclipsons dans les toilettes pour retoucher ton maquillage.

— Merci, Paula. Je ne sais pas ce que je ferais sans toi!

Paula tapota l'épaule d'Emilie.

— Mon chou, les amis sont faits pour vous donner un coup de main au bon moment. Et je suis ta meilleure amie, non?

Paula était d'une efficacité redoutable. Quelques instants plus tard, Emilie sortait de l'église par une petite porte latérale, et s'engouffrait dans un taxi.

— Je t'appellerai chez toi ce soir, lui dit Paula.

Emilie secoua ses boucles.

— Je n'y serai pas. Je vais m'éloigner quelque temps, pour échapper aux journalistes.

Paula ouvrit son sac à main et lui tendit une liasse de billets.

— Tiens, tu en auras besoin. Que dois-je dire à ton père?

— Rien.

— Emilie... Dis-moi ce qui s'est passé avec Ken. Je n'en soufflerai mot à personne, c'est promis.

La jeune femme hésita. Paula ne pourrait s'empêcher de tout raconter à son mari. Fred était un homme charmant, mais assez peu discret. Un journaliste plus rusé que les autres finirait par le faire parler. Elle en voulait à Ken de l'avoir trompée, mais elle n'était pas du genre à se venger en ruinant sa réputation.

— Désolée, Paula, mais je suis obligée de garder le secret. Je t'appellerai dès que je le pourrai... Merci pour tout. A l'aéroport, s'il vous plaît, dit-elle au chauffeur.

Elle s'allongea sur la banquette arrière jusqu'à ce que le taxi se soit suffisamment éloigné de l'église autour de laquelle étaient massés journalistes et photographes. On était samedi, il faisait un temps magnifique, et l'aéroport serait bourré de touristes... Avec un peu de chance, personne ne ferait attention à sa longue robe blanche. Simple jusqu'au dépouillement, elle avait été dessinée pour elle par un couturier japonais réputé pour l'extrême sobriété de son style. En retirant son voile et ses gants, Emilie aurait presque l'allure d'une jeune femme en robe d'été. Si seulement elle pouvait troquer ces maudits escarpins trop étroits contre une paire de baskets...

Ce fut pour une histoire de bottes que la journée dérapa. Assis sur un pouf dans le rayon « chaussures » du grand magasin de la ville, Matt observait la grimace de sa fille.

— Il te faut des bottes, répéta-t-il. D'ailleurs, tes sœurs ont les mêmes. Regarde, elles sont fourrées... Tu auras bien chaud aux pieds, pendant l'hiver.

Melissa fixa les bottillons de cuir marron qu'elle venait d'enfiler et fit la moue.

— Mets-toi debout, s'il te plaît, dit la vendeuse.

Melissa s'exécuta, la vendeuse pressa du pouce le bout des chaussures, et hocha la tête d'un air satisfait.

— Je crois que c'est la bonne pointure.

— Parfait, nous les prenons, déclara Matt en se levant.

Il fallait agir vite s'il voulait éviter une scène.

— Je ne veux pas les garder aux pieds, grommela Melissa.

— D'accord. Tu n'as qu'à remettre tes baskets.

— Non, elles sont trop petites. Elles me font mal !

Matt s'efforça de sourire à la vendeuse, qui lui lança un regard compatissant. Elle devait se demander ce que faisait un cow-boy comme lui au milieu d'un grand magasin, avec trois petites filles...

Il lâcha la main de Mackie, sa petite dernière, le temps de prendre son portefeuille pour payer la paire de bottes, tout en surveillant du coin de l'œil Martha, l'aînée, qui se faufilait entre les portants du rayon « vêtements pour fillettes ».

Stephanie avait peut-être raison, songea-t-il, perplexe. C'était elle, et non lui, qui aurait dû accompagner ses filles pour faire ces maudites courses en vue de la rentrée des classes.

Non ! Il était leur père, et c'était à lui de s'en occuper, décida-t-il en se redressant.

— Papa ! s'exclama justement Martha.

L'air extasié, la fillette brandit devant lui un bout de vinyle noir. Matt fronça les sourcils. Etait-ce une jupe ? Ou un mouchoir ?

— C'est exactement ce qu'il me faut pour aller à l'école, déclara Martha. Je vais l'essayer.

— Pas question !

Les mots claquèrent comme un coup de fouet. Tête basse, l'enfant remit le cintre auquel pendait le bout de tissu noir à sa place sur le portant. En signe de solidarité,

Melissa lâcha la main de son père et se mit à côté de son aînée. Il avait manqué de diplomatie, se dit Matt. Mais comment faire comprendre à sa fille qu'elle ne pouvait pas se rendre dans une école au fin fond du Nebraska vêtue comme une starlette de Hollywood? Dérouté, il lança un coup d'œil autour de lui, dans l'espoir de repérer une vendeuse qui pourrait l'aider.

Malheureusement, on était samedi, et une multitude de mères de famille se pressaient avec leur progéniture autour des rares vendeuses.

Mackie lui tira la main.

— Papa? On peut s'en aller?

Il baissa les yeux. Elle ouvrit grand sa minuscule bouche rose et bâilla longuement.

— Pas encore, Mackie. Nous devons acheter des vêtements.

— Ça va durer longtemps? Je veux rentrer à la maison.

— Moi aussi, avoua-t-il dans un soupir. Tiens, tu vas t'asseoir ici, avec les paquets. Pendant que tu te reposes, je vais aider tes sœurs à choisir leurs pulls et leurs jupes.

Après avoir installé Mackie, Matt rejoignit Martha et Melissa. Il avait cru que le choix des chaussures serait la pire des épreuves, mais il avait la désagréable impression, en contournant les étalages de T-shirts, chandails et jupes en tout genre, qu'il n'avait encore rien vu...

— Il me faut une jupe, déclara Martha d'emblée. Toutes mes copines en ont une et je suis la seule qui...

— D'accord. Choisis une jupe, dit son père. Mais débrouille-toi pour qu'elle ne soit ni trop courte ni trop brillante. Et où sont les jeans?

Martha leva les yeux au ciel.

— J'en ai marre des jeans!

Ignorant son commentaire, Matt la poussa vers le rayon des jeans, tout en tirant Melissa par la main.

— Vous en prenez trois chacune, d'accord? Et c'est vous qui choisissez les couleurs.

Martha désigna un autre rayon du doigt.

— Pour Melissa et Mackie, il faut aller là-bas. Il n'y a pas leur taille ici.

— Ah bon, grommela Matt. Essaie un jean pendant que j'emmène tes sœurs à l'autre rayon.

— Je peux prendre un sweat-shirt pour aller avec ? J'en ai vu un avec des cœurs roses et bleus...

— Va pour le sweat-shirt, dit Matt.

Il préférait nettement les cœurs roses et bleus au vinyle noir.

— Et rejoins-nous près du grand miroir.

Martha sourit, pour la première fois depuis une bonne heure.

— D'accord, papa. Je te promets de me dépêcher.

— Ça, ce serait génial, marmonna Matt, sans trop y croire.

Il négocia un virage entre deux comptoirs chargés de sous-vêtements, se faufila entre deux mères suivies de leurs filles, et se dirigea vers l'endroit où il avait laissé Mackie.

Cette dernière semblait en grande conversation avec une jeune femme brune, qui s'était agenouillée près d'elle pour se mettre à sa hauteur.

— Mackie ?

La fillette avait les yeux rouges. Elle prit le mouchoir en papier que lui tendit la jeune femme avant de répondre :

— Papa... On peut s'en aller, maintenant ?

— Que se passe-t-il, chérie ? Qu'est-ce que vous lui avez dit ? ajouta-t-il en se tournant vers l'étrangère.

Elle était petite, mince, élégante. Ses boucles brunes encadraient un fin visage au teint très pâle, illuminé par de grands yeux gris-vert. Elle le fit penser à l'un de ces mannequins qui font de la publicité pour des produits de beauté à la télévision.

— J'ai trouvé votre fille toute seule, et elle pleurait. J'ai cru qu'elle s'était perdue, expliqua-t-elle.

Elle le regarda, puis tomba en arrêt devant Melissa, agrippée à la main de son père.

— Merci de vous en être occupée, dit Matt du bout des lèvres.

La jeune femme se releva, et il vit qu'elle portait une longue robe blanche, très sobre et très moderne, du style de celles qu'on voyait dans les magazines de mode que sa sœur Stephanie feuilletait à longueur de journée. En revanche, ses sandales en plastique fluo étaient assez surprenantes.

— Est-ce que vous êtes une princesse ? demanda Melissa, qui regardait l'étrangère avec fascination.

Un sourire illumina le visage de la jeune femme.

— Non, murmura-t-elle. En tout cas, plus maintenant.

— Mais vous portez une robe de princesse, insista la petite fille.

L'étrangère fit la moue.

— Oui. Si on veut.

Tout à coup, un fol espoir germa dans le cerveau de Matt. Et si cette femme au look de mannequin et à la robe de princesse était une vendeuse, engagée tout exprès pour plaire aux petites filles et s'occuper de leur choisir des vêtements ? De nos jours, les grands magasins ne reculaient devant rien pour attirer la clientèle et faire face à la concurrence.

— Si vous travaillez ici, vous pourriez peut-être nous aider, avança Matt.

La jeune femme hésita jusqu'à ce que Melissa, lâchant son père, s'empare de sa main fine.

— Comment cela ? demanda-t-elle.

— Eh bien, je suis venu acheter des vêtements pour mes filles, et...

— Je déteste ces bottes, annonça Melissa en pointant du doigt la grosse boîte en carton gris, parmi les divers paquets amoncelés sur le sol. En fait, je voulais des ballerines roses.

— Nous habitons un ranch, expliqua son père.

16

Si cette vendeuse avait un grain de bon sens, elle comprendrait aussitôt que l'on ne porte pas des ballerines roses quand on vit au milieu du bétail.

— Je vois, dit la jeune femme, en posant les yeux sur son blouson en jean et ses bottes de cuir patiné. Quel genre de vêtements exactement souhaitez-vous acheter pour vos filles ?

— Des jeans, des pulls, des cols roulés... Des trucs pratiques, chauds, qu'elles pourront porter cet hiver. Je ne reviendrai pas en ville avant le printemps.

Mackie saisit l'autre main de l'étrangère et roucoula :

— Papa a acheté un tracteur tout neuf !

— Ah, oui ? De quelle couleur est-il ?

Matt haussa les sourcils. Qu'est-ce que cela pouvait bien lui faire, la couleur de son tracteur ?

— Vert, intervint Melissa. Il est vert comme le maïs.

— Mais le maïs, c'est jaune, dit la jeune femme avec douceur.

— Les feuilles sont vertes, insista Melissa.

L'étrangère sourit et Matt se sentit tout drôle. C'était parce qu'il n'avait pas mangé depuis ce matin, se dit-il. Il lui faudrait dîner avant de repartir au ranch.

Tandis que Matt s'imaginait en train de tomber d'inanition sur un tas de ballerines roses, la jeune femme poursuivait une étrange conversation avec Melissa.

— Vert comme du maïs, tu as raison... Quel âge as-tu ?

— J'ai six ans. Mackie va avoir quatre ans, et Martha a neuf ans. Et toi, tu as quel âge ?

— Vingt-six ans.

— C'est vieux !

— C'est vrai... Je me sens particulièrement vieille, aujourd'hui.

Elle se pencha pour récupérer un grand fourre-tout de cuir vert foncé, très chic, et deux paquets qui portaient le nom du magasin. Matt se mordit la lèvre. Pourquoi diable l'avait-il prise pour une vendeuse ?

— Moi aussi, je me sens vieux, déclara-t-il, un peu brusquement.

Il saisit les paquets contenant les chaussures.

— Venez, les filles. Dites au revoir, et allons rejoindre Martha !

Mackie éclata en sanglots et s'agrippa à la robe de la jeune femme.

— Non ! Je veux pas partir ! Et je veux des ballerines roses, moi aussi !

— Personne n'aura de ballerines, vous m'entendez ? gronda Matt.

Il se rendit compte des regards étonnés que leur lançaient les clients qui passaient auprès d'eux, et baissa la voix.

— Mackie, viens ici, sois gentille.

L'enfant se blottit contre l'étrangère et se cramponna à l'une de ses jambes. La jeune femme, qui n'était donc ni princesse ni vendeuse, fixa Matt comme s'il était du genre à passer ses loisirs à écorcher vif les animaux domestiques.

— Des ballerines roses comme du chewing-gum, précisa Melissa de sa voix paisible. Ou roses comme le ciel.

— Le ciel ? répéta l'étrangère, intriguée.

— Oui, quand le soleil se couche, expliqua l'enfant. C'est quoi, ton nom ?

— Em... Emma.

— Emma comment ?

— Emma... Gray.

Matt hocha la tête. Ces voix féminines lui donnaient le tournis. Quant à la conversation, il avait renoncé à la suivre. Les phrases lui semblaient tout droit sorties d'un livre du style *Alice au pays des merveilles*.

La jeune femme se baissa pour prendre Mackie dans ses bras. Puis elle se tourna vers Matt, dont le cœur chavira de nouveau vers les talons.

— Je veux bien vous aider à habiller vos filles, dit-elle de sa voix douce. En fait, j'ai un peu de temps devant moi. Il faut simplement que je m'achète une paire de chaussures avant ce soir. Des trucs pratiques et chauds, et qui me dureront tout l'hiver, ajouta-t-elle avec un sourire taquin.

Et elle se moquait de lui, en plus ! Si Matt ne lui rendit pas son sourire, il ne refusa pas son offre.

Beau joueur, il prit les paquets de la jeune femme, puisqu'elle avait Mackie dans les bras, et esquissa un salut.

— Je suis Matt Thomson, du ranch des Trois Collines.

— Ravie de vous rencontrer, monsieur Thomson.

Et lui donc ! songea-t-il avec un immense soulagement. Comment avait-il pu imaginer une seule seconde qu'il pourrait se débrouiller tout seul pour renouveler la garde-robe de ses trois filles ?

— Ça y est, j'ai trouvé ce que je cherchais, annonça Martha en les rejoignant.

Sa petite tête brune disparaissait à moitié sous la pile de vêtements qu'elle serrait contre elle.

— Montre-moi ce que tu as choisi, exigea son père.

Son petit doigt lui soufflait que sa fille avait glissé entre deux pulls un bout de jupe noire qui ne lui plairait pas.

Martha leva les yeux au ciel en poussant un long soupir.

— Papa ! Je ne suis plus une petite fille...

— On verra ça l'année prochaine, grommela-t-il. Pour l'instant, tu n'as que neuf ans, et j'ai demandé à Emma de nous aider à terminer nos achats.

Ravi de passer la responsabilité à quelqu'un d'autre, il récupéra Mackie des bras d'Emma. L'enfant ne protesta pas. Elle s'était assoupie.

Chargé des paquets et de la fillette, il se laissa tomber sur la banquette prévue pour les clients fatigués, au pied d'une des colonnes qui ponctuaient le rayon des vêtements pour enfants.

Emma se campa devant lui et le scruta.

— J'ai besoin de savoir si vous avez des préférences, des interdits ou des contraintes, monsieur Thomson.

— Je n'aime pas le vinyle noir, dit-il en retirant de ses lèvres une mèche de cheveux de Mackie. Quant aux contraintes, je ne vois pas de quoi il s'agit...

— Il s'agit des limites de votre budget, expliqua patiemment la jeune femme.

— Oh... Ecoutez, prenez ce qu'il faut pour habiller mes filles, et ne vous occupez pas de la facture, d'accord ?

— D'accord.

Elle se pencha vers lui.

— Laissez-moi vérifier la taille de Mackie. Comme cela, nous n'aurons pas besoin de la déranger pour lui faire essayer des vêtements. Ses sœurs m'indiqueront ses couleurs préférées.

Emilie se pencha un peu plus, jusqu'à frôler le menton de Matt, et glissa un doigt dans l'encolure du T-shirt de l'enfant pour pouvoir lire le chiffre sur l'étiquette.

— Bien, dit-elle en se redressant et en se tournant vers Melissa et Martha. Venez, mesdemoiselles, nous allons beaucoup nous amuser ! Martha, tu pourrais essayer les articles que tu as choisis, pour que je voie comment ils te vont... Et toi, Melissa, il faut que tu me dises les couleurs que tu aimes porter. Du vert comme le maïs, peut-être ?

Eberlué, Matt suivit le trio des yeux. Elles allaient s'amuser, avait dit l'étrange Emma... Comment pouvait-on s'amuser dans la foule d'un grand magasin ? Décidément, il ne comprendrait jamais rien aux femmes. Quant à cette histoire de couleurs — rose comme le ciel, vert comme le maïs —, il valait mieux l'oublier, sous peine d'attraper un effroyable mal de tête.

Il se cala sur la banquette, laissa reposer sa nuque contre la colonne, et ferma les yeux. Grands dieux, si seulement l'agence qu'il avait contactée ce matin pouvait lui envoyer une nounou capable de s'occuper de ses filles toute l'année, il n'aurait pas perdu sa journée !

— Assieds-toi. Hum... C'est un peu trop serré, non ?

— Un peu, avoua Martha.

Emilie lui tendit un autre jean.

— Tiens, essaie celui-là. Sa coupe est différente, je pense qu'il sera plus confortable. Et en plus, il fait partie de la nouvelle collection... Tu seras à la pointe de la mode !

Martha eut un sourire enchanté.

— Je suis rudement contente de choisir mes vêtements avec vous, Emma. Avec papa, ce serait l'enfer !

En guise de réponse, Emilie hocha la tête. La phrase de Martha lui avait fait penser à son propre père... George Grayson n'accepterait jamais de s'être fait berner par sa fille. A l'heure qu'il était, il devait être en train de harceler la police pour passer toute la ville de Chicago au peigne fin. Pourtant, elle avait pris soin de lui laisser un message sur son répondeur : « Je préfère disparaître pendant quelques jours. Je suis désolée. Je t'aime, papa. »

En fait, c'était à Ken d'être désolé. N'était-ce pas lui qui avait provoqué la catastrophe ?

Non, elle ne voulait pas penser à Ken non plus. Réprimant un soupir, elle s'approcha de Martha, qui virevoltait devant le miroir. Si sa sœur Melissa était aussi facile à contenter, leurs achats seraient terminés dans moins d'une demi-heure.

Et après ? Qu'allait-elle faire du reste de sa journée ? Du reste de la semaine ? Du reste de sa vie ?

— Celui-là me va beaucoup mieux, déclara Martha, en s'asseyant sur un tabouret.

— Parfait. On va voir s'ils ont cette coupe dans d'autres coloris. Et ensuite, on choisira des pulls qui vont avec.

Emilie récupéra les vêtements que Martha et sa sœur avaient essayés, et entraîna les deux fillettes vers les comptoirs des chandails, pulls et col roulés. Machinalement, elle jeta un coup d'œil à sa montre. A cette heure-ci, elle aurait dû être en train de découper l'immense pièce montée qui décorait le buffet prévu pour sa réception de mariage, entourée d'invités légèrement éméchés par le champagne qui coulait à flots... Les photographes l'auraient mitraillée de leurs flashes tandis qu'elle offrait à Ken une bouchée de gâteau, et les journalistes se seraient précipités vers les cabines téléphoniques pour transmettre à leur journal le compte rendu du mariage de l'année.

En aucun cas, elle n'aurait dû se trouver dans le rayon « fillettes » d'un grand magasin, dans un coin paumé du Nebraska.

Elle tendit un sweat-shirt décoré d'un superbe arc-en-ciel à la plus jeune des deux sœurs.

— Melissa? Je crois que c'est ce qu'il te faut.

Le visage de l'enfant s'illumina.

— Vraiment?

— Mais oui, regarde : il y a toutes les couleurs de l'arc-en-ciel. Et il est juste un peu trop grand pour toi, comme le veut la mode.

— Oh, merci, Emma.

— Tu ferais mieux de remercier ton père. C'est lui qui t'offre tous ces vêtements.

Emilie lança un regard vers la banquette sur laquelle s'était installé Matt Thomson, propriétaire du ranch des Trois Collines. Les yeux mi-clos, il semblait perdu dans un rêve. Mackie s'était carrément assoupie sur son épaule. Emilie s'autorisa à l'observer un instant. Par simple curiosité, se dit-elle, car elle n'avait encore jamais vu d'aussi près un vrai cow-boy. Grand, la carrure large, le corps musclé, le visage tanné par le soleil et les intempéries, il représentait tout ce dont elle rêvait quand elle était enfant, et qu'elle jouait aux Indiens et aux cow-boys avec ses cousins. Plus tard, elle avait été une fanatique des westerns. Mais elle n'avait jamais imaginé qu'elle rencontrerait un jour, en chair et en os, le petit frère de John Wayne.

Le pauvre... Il avait dû penser que choisir des vêtements pour ses trois filles, cela se faisait aussi facilement qu'acheter un tracteur! Pourquoi sa femme n'était-elle pas avec lui? Etait-elle malade? Ou bien était-il divorcé? En tout cas, aucune des filles ne s'était inquiétée de savoir si leur mère approuverait leur choix de vêtements. N'était-ce pas étrange?

— Emma? J'aimerais tant porter une jupe comme celle-là...

Martha loucha avec convoitise sur les fameuses jupes en vinyle noir que son père avait prises en grippe.

— Et si tu choisissais plutôt une jupe en jean, Martha? Tu pourrais la porter beaucoup plus souvent, parce que ça va avec tout.

— Tu crois?

— Oui, affirma Emilie. Viens, on va chercher ta taille...

Une vingtaine de minutes plus tard, la jeune femme s'approcha de Matt. Derrière elle, Martha et Melissa souriaient jusqu'aux oreilles.

— Monsieur Thomson?

Matt tressaillit et cligna des yeux.

— Excusez-moi, j'ai dû m'assoupir.

— Nous avons terminé, annonça Emilie. J'ai laissé les vêtements de vos filles à la caisse.

Melissa tira sur la main d'Emilie pour obtenir son attention. Celle-ci se pencha pour écouter ce que la fillette lui chuchotait.

— J'ai une demande spéciale à vous transmettre: il faudrait aussi acheter des ballerines roses, qui serviront de pantoufles.

Mackie ouvrit tout grands les yeux.

— Des ballerines? répéta-t-elle. Pour moi aussi, alors!

Matt eut la bonne grâce de sourire.

— Bon, je crois que la majorité a gagné. Je prends des ballerines pour tout le monde.

Il fit descendre en douceur Mackie de ses genoux et se mit debout. Emilie dut lever les yeux.

— Je vais passer à la caisse, annonça-t-il en tirant son portefeuille de la poche intérieure de son blouson.

— Rejoignez-nous au rayon « chaussures », suggéra la jeune femme.

D'une main, elle prit celle de Mackie, de l'autre, celle de Melissa, et les entraîna d'un pas décidé vers le rayon en question. Martha fermait la marche, l'air enthousiaste.

En son for intérieur, Emilie espérait de tout cœur que le choix des ballerines allait durer le plus longtemps possible. Elle n'avait aucune envie de se retrouver seule à l'hôtel, dans cette petite ville du Nebraska.

Surtout si l'on songeait que ce soir, elle aurait dû se trouver à Honolulu, et admirer le coucher de soleil dans les bras de Ken.

2.

— Vous êtes ravissantes, toutes les trois !

Amusée, Emilie regardait Martha, Melissa et Mackie qui virevoltaient entre les cartons, les pieds chaussés de ballerines roses. Elles se ressemblaient étonnamment, avec leurs boucles noires, leurs yeux sombres et leurs visages en forme de cœur. Et elles semblaient si heureuses !

Emilie se pencha pour essayer une paire de bottines.

Melissa s'approcha d'elle en fronçant les sourcils.

— Tu es sûre que tu veux les prendre ? Elles ne vont pas du tout avec ta robe, tu sais.

— Je sais, mon chou.

A l'aéroport, elle avait troqué avec un soulagement intense ses escarpins trop étroits et très élégants contre une paire de sandales en plastique. Les bottines étaient encore plus confortables, et surtout plus pratiques.

— J'ai acheté un jean, ajouta Emilie à l'adresse de Melissa. J'irai me changer dans les toilettes du magasin, tout à l'heure.

En fait, c'était en allant se changer qu'elle avait aperçu Mackie en pleurs, toute seule au milieu du rayon de vêtements.

La jeune femme remit les bottines dans leur boîte et porta le tout à la caisse. Elle avait déjà acheté un jean, un pull, des chaussettes. Il lui restait encore quelques-uns des billets que lui avait donnés Paula, et sa carte de crédit.

Cela lui permettrait de tenir le temps que le scandale de son mariage annulé soit remplacé dans les journaux par un autre scandale, tout frais et encore plus juteux.

Elle tendit sa carte de crédit à la caissière, qui la passa dans la machine.

— Désolée, dit la caissière au bout d'un instant.

La femme lança un coup d'œil méfiant à Emilie. Visiblement, sa tenue inhabituelle et ses sandales en plastique avaient éveillé ses soupçons.

— Votre compte a été annulé, apparemment, indiqua-t-elle en rendant à Emilie sa carte. Vous voulez quand même les chaussures ?

— Oui, bien sûr que oui. Je vais les payer en liquide.

Emilie lui donna un billet et tenta de dissimuler sa panique tandis que la caissière lui rendait la monnaie, l'air narquois.

Ainsi, son père avait fait annuler son compte. Il n'en avait pas le droit, mais il avait tant de relations haut placées qu'il avait réussi à obtenir ce qu'il voulait, comme d'habitude. C'était pour l'obliger à rentrer à Chicago, et à épouser Ken, bien entendu. Ken qui devait garder, pour être élu sénateur, une réputation en tout point honorable. Même si le prix à payer pour la maintenir était le bonheur d'Emilie.

Le bonheur comme l'amour étaient des notions inconnues de son père. Ce qu'il voulait, c'était prouver à sa fille qu'elle ne pouvait pas se débrouiller seule, et qu'il valait mieux qu'elle rentre au bercail et se remette sous ses ordres.

Et s'il avait raison ? songea Emilie, en rangeant fébrilement ce qui lui restait d'argent dans son sac. Elle avait à peine de quoi se payer un repas et une nuit d'hôtel. Et elle qui croyait qu'après la catastrophe de ce matin les choses ne pourraient pas empirer...

Elle se tourna vers les enfants, un sourire contraint aux lèvres.

— Votre père va arriver d'une minute à l'autre. Il vaut

mieux ôter vos ballerines, les ranger dans leur boîte, et remettre vos baskets, d'accord ?

Melissa fit une dernière pirouette et... vlan ! Elle heurta de plein fouet un échafaudage de cartons. L'air penaud, elle se résigna alors à ôter ses ballerines, et ses sœurs l'imitèrent. Emilie s'agenouilla pour remettre de l'ordre. Derrière elle, les fillettes étaient si excitées qu'elles ne cessaient de rire et de jacasser tout en laçant leurs chaussures.

— Du calme, les filles... On n'entend que vous ! dit une voix virile et grave, dans le dos d'Emilie.

Les enfants se turent aussitôt, et regardèrent leur père avec des yeux brillants de plaisir.

— Elles ont été très gentilles, intervint Emilie en se redressant. Elles ont seulement fait quelques pas de danse avec leurs ballerines, pour voir si elles étaient confortables.

Matt hocha la tête et fixa les trois boîtes en carton empilées aux pieds de Martha.

— Je suppose que je dois encore acheter tout ça ?

— Oui, dit fermement Emilie. Toutes les petites filles devraient posséder au moins une paire de ballerines roses. Ça les rend plus légères, plus féminines.

Matt écouta l'argument sans broncher. Puis, avec un haussement d'épaules, il prit les trois boîtes et se dirigea vers la caisse. Ses filles l'accompagnèrent, pour être bien sûres qu'il allait les acheter. Emilie les suivit des yeux et se sentit soudain très lasse. Elle récupéra, parmi les paquets que Matt avait laissés près de la banquette, le sac qui contenait ses achats, et y glissa sa paire de bottines neuves. Elle allait attendre Matt et ses filles pour leur dire au revoir et filerait ensuite aux toilettes pour enlever cette robe stupide qui lui rappelait son mariage raté et la vision de Ken embrassant quelqu'un d'autre. Elle boirait une canette de soda, avalerait un hamburger et se chercherait un hôtel pas trop cher pour dormir douze heures d'affilée et, surtout, ne pas penser au lendemain.

Matt Thomson avait intérêt à revenir vite si elle voulait prendre congé de lui et de ses trois adorables enfants avant d'éclater en sanglots, songea-t-elle, la gorge nouée.

— Je vous remercie de tout ce que vous avez fait, déclara Matt après avoir tendu à Melissa, radieuse, le sac contenant les trois paires de ballerines.

— Je vous en prie, cela m'a fait plaisir, murmura-t-elle.

Elle sourit aux fillettes.

— Je vous souhaite une bonne rentrée des classes, mes chéries. Au revoir...

— Non !

Mackie se précipita vers Emilie et entoura de ses bras potelés les genoux de la jeune femme.

— Non, je veux pas que tu partes, toi aussi, dit-elle en pleurant.

Les traits crispés, Matt regarda Emilie. Ce dur à cuire semblait avoir quelques problèmes familiaux, se dit-elle.

— Excusez-la, marmonna-t-il. Ces derniers temps ont été un peu... difficiles.

— Je comprends.

S'il savait à quel point elle le comprenait !

Matt se pencha pour essayer de détacher les mains de Mackie, toujours cramponnée aux genoux d'Emilie.

— Viens, Mackie, il faut rentrer à la maison.

— J'ai faim, intervint Melissa.

— Moi aussi, renchérit Martha. Allons dîner d'abord, papa.

Elle fit un clin d'œil à son père et s'approcha de Mackie.

— Si on allait manger des hamburgers ? lui soufflat-elle à l'oreille. Et des glaces au chocolat ?

— Des glaces ? répéta Mackie, en levant la tête.

— C'est promis, murmura son père derrière elle.

Il profita de l'accalmie pour attirer la fillette à lui. Mais elle se débattit et s'agrippa à la robe d'Emilie.

— Toi aussi, tu viens manger ?

La jeune femme lui caressa la joue.

— Non, mon chou.

— Pourquoi ?

— Eh bien...

— Emma est quelqu'un de très occupé, affirma Matt. Il sourit à la jeune femme.

— Mais si vous avez envie de dîner avec nous, vous êtes la bienvenue. Cela me permettra de rembourser la dette que j'ai envers vous.

Elle aurait dû secouer la tête, dire adieu, et filer vers les toilettes. Mais le regard implorant que lui lança Mackie la fit craquer. Comment aurait-elle pu refuser quoi que ce soit à une enfant en larmes, alors qu'elle-même tentait de refouler les siennes ?

— Eh bien, d'accord, concéda-t-elle. Mais j'ai besoin de quelques minutes pour me changer.

— Bonne idée, déclara Matt. La nuit tombe et il va commencer à faire frais. Je suppose que vous devez aller à une réception, ce soir ? ajouta-t-il en regardant la robe avec curiosité.

D'un mouvement souple, il détacha les doigts de Mackie du fin tissu blanc et la prit dans ses bras.

— Oui, répondit Emilie, en se redressant. Mais j'ai changé d'avis au dernier moment. Où voulez-vous que je vous retrouve ?

— Au restaurant qui fait le coin de la rue, dit Matt. C'est petit, très familial, et nous réserverons une table.

— Alors, à tout à l'heure, dit Emilie, avant de se détourner.

Elle eut tout juste le temps de traverser le rayon et de pénétrer dans les toilettes avant d'éclater en sanglots.

Adossée au mur, elle pleura longuement. A la fin, épuisée, elle se moucha, et s'aspergea le visage d'eau froide. Puis elle ôta sa robe, la roula en boule au fond de son sac de voyage, et enfila le jean, le pull, les chaussettes et les bottines qu'elle venait d'acheter. A l'aide de sa trousse de maquillage, elle se refit tant bien que mal une beauté, et se donna un coup de brosse dans les cheveux.

La situation pourrait être pire, se dit-elle en reniflant, après avoir lancé un dernier coup d'œil au miroir.

Elle pourrait se trouver au bras de Ken, l'alliance au doigt.

Matt vérifia l'heure, pour la troisième fois. Elle ne viendrait pas. Elle avait changé d'avis. Tant pis... Il allait commander le dîner et, ensuite, il entasserait ses trois filles et leur montagne de paquets dans sa grosse jeep, et il mettrait le cap sur son ranch. Grands dieux, pour lui, ce serait le meilleur moment de la journée !

Il prit le menu.

— Je vais prendre des ailes de poulet et des frites. Et vous, que prenez-vous ? demanda-t-il à la ronde.

— On n'attend pas Emma ? dit Melissa, l'air désolé.

— Elle a dû changer d'avis.

Oui, elle avait dû décider de se rendre à sa réception, finalement. Elle devait être rudement contente de retrouver des adultes et de s'amuser, après avoir passé plus d'une heure à choisir des vêtements avec ses filles... Quant à lui, cela lui était parfaitement égal, décida Matt.

— Emma va venir à la maison pour s'occuper de nous ? poursuivit Melissa.

— Quoi ? Voyons, Melissa, tu as vraiment de drôles d'idées, rétorqua son père, en maudissant l'agence de placement qui lui avait promis de recruter une baby-sitter pour la rentrée, et qui n'avait pas tenu parole.

— Je suis sûre qu'elle viendrait, si tu le lui demandais, insista la petite fille.

— Et moi, je suis sûr qu'elle a autre chose à faire, répliqua Matt.

Il se retourna pour faire signe à la serveuse, et aperçut Emma qui entrait dans le restaurant juste à ce moment-là. Elle lui fit un vague sourire et s'approcha de leur table. Il eut le temps d'apprécier la perfection de sa silhouette, tandis qu'elle s'avançait vers eux, moulée dans un pull à côtes fines et un jean tout neuf.

Les trois petites filles lui adressèrent un sourire éblouissant.

— Elle est venue, murmura Melissa, enchantée.

— C'est parce qu'elle a faim, commenta Martha.

— Je crois que tu as raison, souligna Matt.

— Non, c'est parce qu'elle nous aime, déclara Melissa. Sinon, elle ne t'aurait pas fait acheter nos balle-rines roses.

A court d'arguments, Matt se poussa pour faire de la place à la jeune femme. La table était un peu trop petite pour cinq, mais c'était la seule encore libre quand ils étaient arrivés.

— Je pensais que vous aviez changé d'avis, dit-il en lui tendant le menu.

— Oh, non... Mais j'espère que je ne vous dérange pas ? Après tout, vous êtes en famille, et...

— Nous sommes ravis de vous avoir à dîner, l'inter-rompit Matt.

Il lui lança un regard en biais. Emma avait pleuré, c'était évident. Qu'est-ce qui pouvait chagriner à ce point une ravissante jeune femme, qui avait débarqué au Nebraska vêtue d'une longue robe blanche, les pieds nus dans des sandales en plastique fluo ? Il n'en avait pas la moindre idée. Cela lui semblait d'autant plus étrange qu'Emma avait les ongles vernis et parfaitement manu-curés, une coupe de cheveux impeccable, et que sa drôle de robe venait certainement d'un couturier à la mode...

Peut-être était-ce parce qu'elle était en train de passer son samedi soir à manger des hamburgers dans un restau-rant ordinaire encadrée de trois fillettes ? Matt réprima un soupir. Il se perdait en conjectures et, de toute façon, les chagrins d'Emma ne le regardaient pas. Tout ce qu'il sou-haitait, c'était qu'elle ne se mette pas à pleurer pendant le dîner.

— Vous vous sentirez mieux lorsque vous aurez mangé, lui glissa-t-il.

Elle hocha la tête sans le regarder. Matt vit qu'elle rou-gissait légèrement.

— Que prenez-vous ?

— Un hamburger et des frites.

Mackie lui poussa le coude.

— N'oublie pas la glace au chocolat, lui souffla l'enfant.

— Tu as raison de me le rappeler, mon chou, observa-t-elle avec un sourire.

Elle se tourna vers Matt.

— Je prendrai aussi une glace au chocolat.

Emma savait s'y prendre avec les enfants, songea-t-il. Les trois filles avaient fait leurs courses pour la rentrée en une petite heure, sans cris, sans pleurs, sans disputes. Etait-ce un signe ? Le ciel lui aurait-il fait un cadeau ?

Il l'observa du coin de l'œil tandis qu'elle bavardait avec Melissa. Il avait le sens de l'observation, et il savait jauger les gens. Même si elle n'était pas du coin, et qu'elle semblait avoir la larme facile, Emma Gray ferait une excellente baby-sitter.

La serveuse s'approcha de leur table, son carnet en main.

— Trois hamburgers-frites, et un menu pour enfants, lui annonça Emma d'une voix posée. Et vous, que pre-nez-vous ? demanda-t-elle en se tournant vers Matt.

— Des ailes de poulet.

— Et des glaces au chocolat pour tout le monde, ajouta Emma en tendant le menu à la serveuse.

Elle sourit en entendant les exclamations de joie poussées par les fillettes.

Il était clair qu'elle était habituée à passer des commandes, se dit Matt. Sa gorge se noua. Une jeune femme aux ongles manucurés qui savait commander avec autant de naturel ne cherchait sûrement pas un job de baby-sitter dans un ranch.

Martha se pencha vers Emma.

— Pourquoi tu as pleuré ?

De nouveau, la jeune femme rougit.

— Martha ! intervint son père.

— Mais elle a les yeux brillants, protesta la fillette.

— C'est sûrement le rhume des foins, répliqua Matt, l'air sévère.

La fillette ouvrit la bouche, et la ferma devant le froncement de sourcils paternel. Matt se tourna vers Emma. Il valait mieux qu'il se charge de la conversation lui-même.

— Habitez-vous la région, Emma?

— Non. En fait, je ne sais pas encore si je vais y rester.

Ce qui signifiait qu'elle cherchait du travail... Ou qu'elle allait poursuivre des études à l'université de Lincoln, se dit Matt.

— J'aime beaucoup mes ballerines roses, tu sais, roucoula Mackie, en lançant à la jeune femme un regard d'adoration.

Emma sourit et passa le bras autour des épaules de l'enfant pour la serrer contre elle.

Elle aimait vraiment les enfants, décida Matt. Il se gratta la gorge.

— Vous êtes venue à Lincoln pour chercher du travail? demanda-t-il.

Elle le fixa d'un air stupéfait.

— Du travail? répéta-t-elle, comme si elle n'avait jamais entendu ce mot auparavant.

La gorge de Matt se noua.

— Vous faites des études, alors?

— Non...

Elle eut un sourire gêné.

— J'ignore ce que je vais faire. Je suis à un tournant de ma vie, vous comprenez.

— Je vais aux toilettes, déclara Martha en se levant brusquement.

— Moi aussi, dit Melissa en l'imitant.

— Et moi aussi, ajouta Mackie, pour ne pas être en reste.

Les trois fillettes disparurent à la queue leu leu vers le fond de la salle.

Matt se tourna vers Emma. Il avait le champ libre, il allait pouvoir lui parler un peu plus sérieusement et...

— Voici des sodas pour les enfants, et deux cafés pour vous. C'est compris dans le menu, déclara la serveuse en posant les verres et les tasses sur la table.

Elle en profita pour disposer des serviettes en papier jaune vif, puis s'éclipsa.

Matt toussota.

— A quel genre de tournant êtes-vous, Emma?

— Je ne vais pas vous raconter ma vie. Ce serait trop ennuyeux, dit-elle avec un petit sourire triste.

— Je suis sûr que non.

Si seulement elle pouvait lui dire qu'elle avait fait des études d'infirmière, ou qu'elle avait travaillé dans une crèche, songea-t-il, plein d'espoir. Qu'elle ne supportait plus la vie en ville et qu'elle rêvait de grands espaces...

Elle haussa les épaules.

— En fait, vous avez peut-être raison, murmura-t-elle. Il faudrait que je cherche du travail.

Matt inspira profondément. Le ciel aurait-il écouté ses prières?

— Vous savez faire la cuisine?

— Un peu.

— Vous occuper d'une maison?

— Sans problème.

Le ciel l'avait entendu. C'était presque trop beau pour être vrai...

Les petites étaient trop jeunes pour s'assumer seules. Tante Ruth était pleine de bonne volonté, mais bourrée d'arthrite. Sa sœur Stephanie voulait bien garder ses filles, mais chez elle, à Omaha. Or, Matt refusait de s'en séparer. Il avait promis à sa tante et à sa sœur qu'il allait trouver quelqu'un de responsable pour s'occuper des enfants.

L'agence n'avait pas donné suite. Mais il avait rencontré cette jeune femme en robe blanche au beau milieu d'un grand magasin, au moment où tout espoir semblait perdu. N'était-ce pas un signe de la providence? Un signe d'autant plus agréable que le contact de sa cuisse contre celle d'Emma provoquait chez lui d'exquises sensations...

— Vous voulez travailler pour moi?

Elle sursauta.

— Pardon?

— Voulez-vous travailler pour moi, dans mon ranch? répéta-t-il en articulant soigneusement.

— Mais... Quel genre de travail voulez-vous que je fasse?

— Je suis venu à Lincoln pour y acheter un tracteur et recruter une aide familiale. Je n'ai accompli que la première partie de ma mission.

— Et pour la seconde, vous êtes allé voir des agences spécialisées, je suppose?

Il décida de lui dire la vérité. Toute la vérité.

— Personne ne veut venir habiter en rase campagne. Nous sommes à une centaine de kilomètres d'ici. Ma sœur veut bien m'aider, mais à condition que les filles viennent loger chez elle, ce qui est hors de question. D'un autre côté, il m'est difficile de gérer un ranch avec trois petites filles accrochées à mes basques.

Emma le regarda droit dans les yeux avant de lui poser la question qui lui tenait à cœur.

— Où est Mme Thomson?

— Elle est morte dans un accident de voiture. Ma tante, qui habite chez moi, a essayé de m'aider. Mais elle est très gênée par ses crises d'arthrite.

— Je suis désolée.

Il hocha la tête. Il savait qu'elle faisait allusion au décès de sa femme, pas aux douleurs de sa tante Ruth.

Il aperçut ses filles au fond de la salle et se hâta de murmurer :

— Oubliez ma proposition, Emma. Elle était absurde.

Elle n'eut pas le temps de répondre. La serveuse déposa sur la table leurs commandes, et les filles se précipitèrent pour s'asseoir, les yeux brillants d'excitation. Elles étaient affamées.

Le dîner se passa sans encombre, grâce à la vigilance des deux adultes. Tandis que Matt passait la moutarde, la sauce tomate, l'eau, les serviettes en papier, les pailles, et Dieu sait quoi encore, Emma s'assurait que les canettes ne se rapprochent pas trop près du bord de la table, essuyait la bouche dégoulinante de ketchup de Mackie, ou empêchait Melissa de s'étouffer en mangeant trop vite ses frites.

Après le repas, Martha décida d'emmener une nouvelle fois ses sœurs aux toilettes, en prévision du long voyage qui les attendait. De plus, le visage de Mackie était poisseux, et les mains de Melissa sentaient la graisse et le chocolat.

D'habitude, la fillette prenait son rôle d'aînée très au sérieux et elle appréciait souvent le pouvoir qu'elle exerçait ainsi sur ses cadettes. Mais ce soir, elle était fatiguée. Pour une fois, elle aurait voulu être à la place de Mackie, et que quelqu'un s'occupe d'elle.

— Dépêche-toi, Mackie ! On ne va pas passer la nuit ici, cria-t-elle, à travers la porte.

— J'ai mis mon pantalon de travers, gémit l'enfant.

— Moi, j'ai fini, déclara Melissa, en sortant des toilettes.

— Lave-toi les mains, exigea Martha.

— Je sais, répliqua sa sœur. T'as pas besoin de me le dire. C'est pas toi qui commandes !

— Si, justement. Vite, Mackie ! On fait une réunion ! ajouta-t-elle en tambourinant sur la porte.

— Une réunion pourquoi ? demanda Melissa, l'œil brillant de curiosité, tout en s'essuyant les mains sur son sweat-shirt.

— Il faut qu'Emma vienne chez nous, déclara Martha.

— J'arrive ! s'exclama Mackie, en ouvrant la porte à toute volée.

Elle se précipita vers le lavabo et appuya avec entrain sur la pompe à savon.

— J'ai tout entendu. Et j'aime Emma, affirma-t-elle, en faisant des bulles entre ses doigts.

36

— Rince tes mains, ordonna Martha.

— Moi aussi, j'aime Emma, dit Melissa. Elle a l'air d'une princesse, et elle a obligé papa à nous acheter des ballerines roses.

— Elle ne m'a pas forcée à manger les tomates sur le hamburger, renchérit Martha.

La dernière baby-sitter avait fait le contraire, et Martha avait eu mal au ventre. Celle d'avant leur servait du hachis à tous les repas. Celle qui l'avait précédée se maquillait trop et s'occupait davantage de Matt que des trois fillettes. Tante Ruth était trop vieille pour jouer à cache-cache, et tante Stephanie voulait les emmener loin du ranch et de leur père. En plus, elle était allergique aux animaux.

Emma était la solution à tous leurs problèmes, songea Martha. Il fallait qu'elle vienne avec eux au ranch.

— Dis à papa qu'on veut qu'Emma s'occupe de nous, suggéra Melissa.

— Elle risque de refuser, répondit Martha, pensive.

— Tu crois?

— Elle a pleuré. Elle doit avoir du chagrin, poursuivit Martha. Elle ne se sent peut-être pas en forme pour travailler au ranch.

— Oh, elle a pleuré? répéta Mackie d'une voix chevrotante.

Son petit cœur tendre la faisait compatir à la peine des autres. Quand elle voyait quelqu'un en larmes, elle éclatait automatiquement en sanglots.

— Inutile de pleurer dans les toilettes, dit Martha. Ce qu'il faut, c'est que tu serres bien fort les genoux d'Emma et que tu l'empêches de partir, comme tu as fait dans le magasin, d'accord? Et tu pourras pleurer à ce moment-là.

— D'accord, dit la fillette avec enthousiasme.

— Et papa? Qu'est-ce qu'il va dire? demanda Melissa, vaguement inquiète.

— Ne t'affole pas. Je me charge de lui, affirma Martha.

3.

— Pourquoi m'avez-vous offert ce travail, monsieur Thomson ? s'enquit Emilie. Vous me connaissez à peine.

Elle plia sa serviette en papier et la posa près de son assiette vide, avant de se tourner vers son voisin. Depuis que les enfants avaient quitté la table, un calme surnaturel semblait régner dans la salle. Elle en avait profité pour poser la question qui lui avait brûlé les lèvres pendant tout le repas.

— Parce que vous avez passé le premier test avec succès, répondit-il paisiblement.

— Quel test ?

— Celui qui consiste à faire des achats dans un grand magasin avec mes trois chipies.

Il lui sourit. Un sourire qui le rajeunissait de dix ans, constata-t-elle. Et qui faisait briller ses yeux très sombres.

— J'ai pensé à votre proposition pendant tout le dîner, et...

— Vous avez pensé pendant le dîner ? Voilà un second succès, Emma !

— C'est un repas qui m'a plu. Je me suis bien amusée, commenta-t-elle, en songeant à toutes les réceptions mondaines, collet monté et suprêmement ennuyeuses auxquelles son père l'avait obligée à assister.

— Vous n'avez pas d'enfants, je suppose ?

— Non.

Emilie intercepta le coup d'œil qu'il lança à ses mains.

Elle se félicita intérieurement d'avoir ôté sa bague de fiançailles et de l'avoir rangée tout au fond de son sac.

— Vous n'êtes pas mariée, observa-t-il.

— Heureusement pour moi, murmura-t-elle. En fait, je suis... Je suis en vacances.

— En vacances ? répéta-t-il, sceptique, en haussant les sourcils.

Elle hésita. Il était évident que la petite ville de Lincoln, au Nebraska, n'était pas exactement ce que l'on pouvait considérer comme un lieu de villégiature.

— J'ai besoin de faire le point sur ma vie, ajouta-t-elle gauchement.

Matt avala une gorgée de café, la dévisagea par-dessus le bord de sa tasse.

— Continuez, dit-il simplement.

— Eh bien...

C'était le moment ou jamais de prendre une décision. Demain, elle n'aurait plus un sou. Soit elle devrait appeler Paula pour lui emprunter de l'argent, soit il lui faudrait retourner chez son père. A moins que...

— Votre proposition m'intéresse, annonça-t-elle très vite. Mais je ne sais pas combien de temps je pourrai rester.

— Quelques mois ?

— Quelques jours, plutôt.

— C'est trop court.

— Vous ne savez même pas si ce travail me convient ! objecta-t-elle. Nous pourrions nous mettre d'accord sur une période d'essai.

La panique la gagnait, tout à coup. Se voyait-elle réellement vivre dans un ranch au fin fond du Nebraska, entourée de trois chipies et de milliers de têtes de bétail... ? Pour endiguer son anxiété, elle saisit sa serviette en papier et entreprit d'en faire des confettis.

— Pourriez-vous m'expliquer ce que j'aurai à faire ? reprit-elle, la gorge nouée.

Affolée, elle vit Matt poser deux billets sur la table, se lever et rassembler ses paquets.

— En gros, j'ai besoin que vous jouiez le rôle de leur mère, déclara-t-il à mi-voix, en lançant un coup d'œil vers le fond de la salle. Vous les habillez pour l'école, vous vous occupez de Mackie l'après-midi puisque le jardin d'enfants n'est ouvert que le matin. Vous préparez les goûters, les repas, vous écoutez leurs histoires, et vous regardez avec elles les feuilletons télévisés. En un mot, vous vous débrouillez pour qu'elles soient heureuses.

Il poursuivit en lui annonçant le montant de son salaire, le nom de la mutuelle à laquelle il adhérait, et acheva en lui assurant qu'elle serait libre le dimanche, et qu'elle pourrait se servir de sa seconde voiture comme bon lui semblerait.

— Finalement, vous serez traitée comme un membre de la famille... Promettez-moi simplement de rester deux mois au minimum. Cela me donnera le temps de chercher quelqu'un d'autre. C'est un boulot plutôt sympathique, ajouta-t-il en la regardant. En tout cas, c'est mieux que de travailler à la chaîne dans une usine, non ?

Ça, elle n'en savait rien. Mais c'était sans doute mieux que de se disputer avec son politicien de père, songeait-elle. Et sûrement mieux que d'épouser Ken et d'être obligée de sourire en public jusqu'à la fin de ses jours au bras de son mari, alors qu'elle savait qu'il aimait quelqu'un d'autre. D'ailleurs, Matt avait raison. Le job n'était pas difficile. Les courses avec les filles n'avaient-elles pas été une partie de plaisir ?

Et puis, elle avait besoin de se trouver un toit pendant quelque temps.

— Quinze jours à l'essai, insista-t-elle.

Matt renonça à discuter. De toute façon, il lui fallait rentrer chez lui avec une mère de substitution pour ses enfants. Il l'avait promis à tante Ruth.

— Si j'accepte, vous venez avec nous dès ce soir ? demanda-t-il d'un ton pressant.

La jeune femme se leva sans répondre. Elle était en train de récupérer ses paquets quand les fillettes s'approchèrent de la table.

— Emma ! cria aussitôt Melissa d'une voix angoissée. Tu t'en vas ?

Conformément à la mise en scène qu'elles avaient complotée dans les toilettes, Mackie éclata en sanglots et entoura les genoux d'Emma de ses bras potelés. Martha fixa son père d'un œil mauvais.

— Pourquoi tu la laisses partir ? grommela-t-elle.

Mackie sanglota de plus belle. Les autres clients observaient la scène en la commentant à voix basse.

— Voyons, Mackie, calme-toi, lui enjoignit Emma, gênée d'être ainsi le point de mire du restaurant.

— Alors ? Vous venez avec nous ? répéta Matt, en tentant de couvrir les pleurs de sa fille.

Emilie les regarda tour à tour. Matt semblait épuisé, les fillettes avaient l'air déterminé à continuer leur scène tant qu'elle ne céderait pas, et Mackie lui interdisait toute possibilité de fuite... Avait-elle le choix ?

— D'accord, concéda-t-elle.

Martha se pencha aussitôt vers Mackie, cramponnée aux genoux d'Emma comme un koala à sa branche d'eucalyptus.

— Lâche-la, ordonna-t-elle. Elle vient avec nous.

La fillette leva la tête.

— C'est vrai ?

— Oui, confirma Emma. Mais pour cela, il faut que tu lâches mes genoux et que tu m'aides à porter mes paquets.

— Oh, chic ! s'exclama Mackie.

Elle lança un coup d'œil triomphant à ses sœurs avant de desserrer son étreinte. En voyant son air radieux et ses yeux secs, Emma se demanda une fraction de seconde si la fillette était tout à fait normale. Etait-ce pour cela que Matt ne parvenait pas à trouver de l'aide ?

— Prête ? demanda Matt.

— Oui.

— Alors, allons-y !

Il sortit du restaurant, tête haute, les bras chargés de

paquets, suivi par la jeune femme et les trois fillettes, en file indienne et en ordre de taille décroissant.

Une fois dans le parking, Matt s'arrêta devant un véhicule qui tenait à la fois du camion et du 4x4. Il ouvrit une portière, entassa pêle-mêle les achats, et fit monter ses filles sur la banquette arrière, couverte de plastique noir.

— Montez à l'avant, indiqua-t-il à l'intention d'Emma.

Les pieds collés au bitume, l'œil écarquillé, la jeune femme hésita. C'était maintenant ou jamais... Sa dernière chance de tourner les talons et de rentrer chez elle. Elle inspira profondément, et se faufila à l'intérieur du véhicule.

Sa décision était prise : elle allait s'occuper de trois petites filles turbulentes dans un ranch perdu dans les plaines du Nebraska, avec pour toute compagnie un cowboy taciturne et sa vieille tante bourrée d'arthrite.

« Pour quinze jours seulement », se promit-elle.

— Installez-vous confortablement, conseilla Matt. Le voyage risque d'être long.

— C'est-à-dire ? demanda Emma, soudain inquiète.

— A peu près deux heures.

— Vous voulez dire que nous allons à l'autre bout du Nebraska ?

— Pas tout à fait.

Il lui adressa un sourire rassurant avant de se glisser derrière le volant.

— Cela m'est égal, murmura la jeune femme.

Plus elle irait loin, moins son père risquerait de la rattraper. Elle se tourna vers la fenêtre. Devant elle, la route s'étendait à l'infini, bordée de plaines et de champs. Bientôt il ferait nuit, et cette abominable journée prendrait fin. Elle se cala contre son dossier, renversa la tête en arrière et exhala un long soupir.

**

— J'ai des collants noirs, comme ceux de ma copine Jennifer, murmura Martha, la tête sur l'oreiller et les yeux lourds de fatigue.

— Je sais... Dors bien, mon ange, dit Matt en posant un baiser sur sa joue.

Il se tourna vers Melissa et vit que l'enfant s'était déjà assoupie, ses ballerines roses serrées contre sa poitrine, comme si elle craignait que quelqu'un vienne les lui dérober. Elle les mettrait sûrement demain au réveil, songea Matt avec un sourire attendri.

Il ne comprendrait jamais les femmes. Mais il avait engagé Emma, qui semblait parler le même langage que ses filles. Tout irait bien.

Rassuré, il lança un dernier coup d'œil à Mackie, qui dormait profondément, la bouche entrouverte et les boucles emmêlées. Il était prêt à parier que, demain, elle enfilerait elle aussi ses ballerines roses au saut du lit.

Il sortit de la chambre sur la pointe de ses bottes et descendit l'escalier. A la cuisine, Emma l'attendait. L'air perdu, elle était assise sur une chaise, tous ses paquets amoncelés autour d'elle, comme si elle attendait le passage d'un car qui l'emmènerait ailleurs.

Il devait absolument trouver un moyen de la faire rester au ranch le plus longtemps possible. Le temps de décourager sa sœur Stephanie, qui ne cessait de le harceler pour prendre les filles chez elle, à Omaha.

— Je vais vous montrer votre chambre, dit-il. Demain, Martha vous fera faire le tour de la maison.

Emma suivit Matt le long d'un couloir. Sa chambre servait à loger les hôtes de passage. Elle se trouvait au rez-de-chaussée, elle avait une salle de bains attenante et une vue sur les champs.

— Merci, murmura-t-elle, morte de fatigue.

Elle était beaucoup trop jolie, songea Matt. Cela donnerait des doutes à Stephanie et à tante Ruth sur la véritable raison pour laquelle il l'avait engagée. Tant pis... Elles devraient s'y faire, et lui aussi.

Il détacha ses yeux de l'élégante silhouette d'Emma et regarda autour de lui. Il ne semblait pas y avoir trop de poussière, les meubles étaient à leur place, et le lit disparaissait sous un quilt multicolore assemblé par son arrière-grand-mère.

— Vous trouverez des draps et des couvertures dans l'armoire, précisa-t-il.

— Merci, répéta-t-elle, d'un ton de petite fille polie.

— Bien... Il ne me reste plus qu'à vous souhaiter bonne nuit.

Il se sentait tout à coup embarrassé, en tête à tête avec cette étrangère trop jolie, au beau milieu d'une chambre à coucher. Il recula d'un pas.

— Vous pouvez faire la grasse matinée demain, reprit-il. Personne ne se lève avant 7 heures, le dimanche.

Il referma la porte derrière lui et poussa un long soupir de soulagement. La journée avait été longue, mais profitable. Il avait réussi à rhabiller ses filles, acheter un tracteur, et engager une aide familiale. Il allait pouvoir s'écrouler sur son lit, l'esprit tranquille, avec la satisfaction du devoir accompli.

Le réveil fut dur pour Emma. Elle avait mal dormi, réveillée sans cesse par le grincement des ressorts, la dureté du matelas, et les craquements du bois qui formait l'ossature de la maison. Quand elle vit l'aube rosir le ciel, elle n'y tint plus et se leva. A quoi bon demeurer dans un lit qui lui faisait mal au dos ? Mieux valait visiter la maison, histoire de se rendre compte du guêpier dans lequel elle s'était fourrée...

Pieds nus, elle s'approcha de la fenêtre. A part le ciel, elle ne distingua que de l'herbe. Des prairies à perte de vue... Des images de film surgirent dans son esprit. Des troupeaux de chevaux sauvages qui galopaient en liberté, et puis des cerfs, des bisons, des lynx errant dans ces terres immenses...

Elle se trouvait au bout du monde, loin de toute civilisation.

N'était-ce pas la cachette idéale pour Emma Gray, alias Emilie Grayson ?

Il était temps de s'habiller et de jouer son rôle de maîtresse de maison-garde d'enfants pour lequel le beau Matt Thomson l'avait engagée.

Elle prit une douche rapide et enfila les vêtements qu'elle avait achetés la veille. Ils devraient lui suffire pour les deux semaines qu'elle avait l'intention de passer ici. Quand elle rentrerait à Chicago, elle s'installerait dans un appartement tout en haut d'un gratte-ciel, avec vue sur le lac Michigan. Elle s'accorderait quelques mois pour le décorer et l'aménager, et donnerait ensuite une grande réception pour y pendre la crémaillère.

La tête pleine de projets futiles et agréables, la jeune femme boutonna son jean, enfila de grosses chaussettes en coton et ses nouvelles bottines. Elle sourit en pensant aux superbes cadeaux de mariage que la secrétaire de son père allait devoir renvoyer à leurs expéditeurs... De la vaisselle en porcelaine fine, des verres en cristal, des plats et des chandeliers en argent massif... Tout cela, Emilie se l'achèterait elle-même dès qu'elle aurait trouvé l'appartement de ses rêves.

Quant au mariage, elle était décidée à attendre ses trente-cinq ans pour y songer de nouveau.

Dès qu'elle entrouvrit la porte de la cuisine, l'arôme grisant du café noir lui chatouilla les narines. La pièce était immense, et ne servait pas qu'à éplucher des légumes et à préparer des plats, comme l'attestaient le canapé recouvert d'un velours brun usé appuyé contre un mur, le fauteuil à bascule et la corbeille à ouvrage qui lui faisaient face. Une longue table de bois, flanquée de deux bancs et de deux chaises anciennes, trônait au milieu de la pièce. Sur le côté opposé à celui du canapé courait un grand plan de travail. Au-dessus et au-dessous, des meubles en pin rustique, aux veines apparentes, renfermaient sans doute tous les ustensiles imaginables. Les murs étaient blanchis à la chaux, et le sol était en carrelage brun.

Rien à voir avec la cuisine de la maison de son père, d'un blanc immaculé du sol au plafond, et qui ressemblait davantage à un laboratoire qu'à une pièce à vivre, songea Emma.

De plus, dans la cuisine de son père, elle n'aurait jamais trouvé un cow-boy en manches de chemise et en chaussettes de coton beige comme celui qui était assis devant la longue table en pin, en train de siroter un café tout en lisant son journal.

— Bonjour, dit Matt en levant la tête.

Il avait le regard brillant de l'homme qui a passé une bonne nuit.

— Oh... Je vois que vous avez déjà pris votre petit déjeuner, murmura Emma, en lançant un coup d'œil à l'assiette sale, posée près de la tasse de café.

— Je le fais moi-même et je le prends seul, d'habitude. Le travail commence très tôt, dans un ranch.

— Désolée... J'aurais dû mettre mon réveil.

— Non, je vous avais dit de faire la grasse matinée. Après tout, c'est dimanche. Ma tante viendra vers 9 heures chercher les filles pour les emmener à la messe. Vous pourrez les aider à se préparer ?

Elle lança un coup d'œil à l'horloge accrochée au-dessus de la porte. Elle avait deux heures et demie devant elle.

— Bien sûr, répondit-elle.

— Parfait !

Il se leva, prit le chapeau qu'il avait posé près de lui sur le banc et se dirigea vers la porte.

— Monsieur Thomson ?

Il s'immobilisa, se tourna vers elle.

— Appelez-moi Matt.

— D'accord. Eh bien, Matt, pourrions-nous voir ensemble les activités des enfants, cette semaine, ainsi que leurs horaires ?

Il la fixa un moment avant de répondre.

— Martha vous expliquera tout cela. Et Ruth pourra la corriger si elle se trompe. Désolé, mais je suis déjà en retard, ajouta-t-il, la main sur la clenche. Il y a beaucoup de travail à faire, dans un ranch, et la nuit arrive vite.

La jeune femme faillit lui faire remarquer que le soleil était à peine levé, mais elle se retint. Il était clair que son employeur ne se fiait qu'aux horaires de la nature et n'avait pas envie de discuter des autres. D'ailleurs, les connaissait-il ? Elle le regarda sortir et se mordit la lèvre. Elle allait devoir compter sur une gamine et une vieille dame sénile pour lui expliquer son job. Alors qu'elle n'avait encore jamais travaillé de sa vie et qu'elle ignorait comment utiliser la plupart des instruments rangés sur l'interminable plan de travail.

Au travail ! se dit-elle, décidée à exercer sa méthode favorite de pensée positive. Elle ouvrit méthodiquement les portes des placards, jusqu'à ce qu'elle trouve celui où l'on rangeait les tasses. Elle en prit une et se précipita vers la cafetière. Son organisme — et son courage — réclamait une bonne dose de caféine avant d'entamer cette première journée de labeur.

Trois tasses plus tard, Emilie se sentit suffisamment d'énergie pour explorer le contenu des placards de la cuisine. Elle était agenouillée devant l'un d'eux, et fixait avec stupeur un robot en plastique blanc et en inox en se demandant à quoi il pouvait bien servir quand une voix rocailleuse la fit sursauter.

— Qu'est-ce que vous fichez là ?

Emilie se retourna et comprit aussitôt qu'elle se trouvait face à tante Ruth. Petite, ronde, elle portait un tablier d'un bleu fané sur une robe grise et une canne dans sa main droite. Elle avait des cheveux poivre et sel, coupés court, qui dégageaient un visage au teint buriné, aux rides profondes, et à l'âge indéfinissable. Quelque part entre soixante et quatre-vingts ans, se dit Emma. Si le corps semblait usé, le regard, en revanche, était plus que décidé. Noir et brillant, il dévisageait Emma sans la moindre gêne.

— J'explore les lieux, rétorqua la jeune femme, trop intriguée par la nouvelle venue pour s'offenser de ses paroles.

— Vous feriez mieux de fermer toutes ces portes, sinon vous risquez de vous cogner les genoux ou la tête, répliqua Ruth en avisant les placards grands ouverts au-dessus et au-dessous du plan de travail.

Emilie s'exécuta avec diligence.

— Puis-je vous offrir une tasse de café ? demanda-t-elle, quand elle eut terminé.

— Je n'ai plus le droit d'en boire, grommela la vieille dame, qui se laissa tomber sur la chaise qu'avait occupée Matt.

— Du thé, alors ?

— Non. Passez-moi plutôt la cafetière. Après tout, je doute que vous alliez me dénoncer au Dr Ned.

Emilie obéit. Elle posa la cafetière sur la table, apporta une tasse propre pour Ruth, la servit. Puis elle se versa sa quatrième tasse de la matinée et s'installa en face de la vieille dame.

— Je m'appelle Emma Gray, annonça-t-elle avec un sourire engageant. Et vous êtes... ?

— Ruth Tuttle. Dans la région, tout le monde m'appelle tante Ruth. Faites-le, comme cela vous ne vous sentirez pas trop différente des autres. Vous l'êtes déjà assez, ajouta-t-elle à voix plus basse.

Emilie fit mine de ne pas avoir entendu ce dernier commentaire.

— Vous vous êtes occupée des filles de M. Thomson, d'après ce qu'il m'a dit.

— Et je le fais encore, rétorqua Ruth avec une certaine véhémence. Matt m'a indiqué ce matin qu'il était revenu de Lincoln avec de l'aide, et que je devais venir m'en rendre compte par moi-même.

Ruth accompagna ces dernières paroles d'un regard si perçant qu'Emilie eut brusquement l'impression d'être devenue un bien de consommation, jetable à volonté.

— A mon avis, Stephanie ne va pas tarder à vouloir se rendre compte, elle aussi, marmonna-t-elle.

— Qui est Stephanie ?

— La sœur de Matt. Elle voulait prendre les filles chez elle si Matt ne trouvait personne pour l'aider. C'est pour cela qu'il était si pressé de vous engager, déclara Ruth.

Charmant ! songea Emilie. Il l'avait prise, elle, parce qu'il n'avait personne d'autre sous la main... Mais n'était-ce pas exactement ce qu'elle avait fait elle-même ? Elle avait accepté son offre parce qu'elle n'avait nulle part où aller.

— Qu'avez-vous préparé, pour le petit déjeuner ? demanda Ruth d'un ton inquisiteur.

— Rien, pour le moment. M. Thomson avait déjà mangé quand je suis entrée dans la cuisine et...

— C'est parfait, l'interrompit la vieille dame, à la surprise d'Emilie. La prochaine fois, dites-lui de mettre son assiette dans l'évier, au lieu de la laisser sur la table. Un homme seul, ça prend très vite de mauvaises habitudes.

— D'accord, tante Ruth, murmura Emilie en réprimant un sourire. Matt m'a dit que vous pourriez me mettre au courant de l'emploi du temps des filles.

— Avant toute chose, elles ont besoin d'un bon petit déjeuner.

Ruth avala une gorgée de la boisson que son médecin lui avait interdite, et prit le temps de la savourer, les yeux mi-clos.

— Je ne veux pas que vous leur donniez les paquets de céréales aromatisées que l'on trouve dans les supermarchés, et dans lesquels les fabricants flanquent des jouets en bonus. C'est très mauvais pour leurs dents... Faites-leur manger de bons flocons d'avoine à l'ancienne, que vous cuirez vous-même. Ça, c'est de la vraie nourriture !

Emilie était prête à parier ses derniers dollars que tante Ruth n'était jamais parvenue à faire avaler ce genre de bouillie épaisse aux fillettes, mais elle s'abstint de tout commentaire. Ce n'était pas le moment de se mettre la vieille dame à dos.

— Avez-vous des enfants ? reprit Ruth, en lui lançant un regard perçant.

— Non.

— J'en étais sûre... Sinon, vous ne seriez pas ici. A moins que vous ne fassiez partie de ces femmes qui veulent travailler hors de chez elles, pour « exprimer leur potentiel », comme le disent les magazines féminins. C'est du baratin !

— Eh bien, je...

— Vous êtes divorcée, peut-être ? Comme ces féministes qui détestent les hommes et qui veulent qu'on les appelle « mademoiselle » ?

— Non. En fait, je n'ai jamais été mariée.

— Mais vous avez été fiancée, sans doute.

Emilie rougit légèrement. La perspicacité de la vieille dame était troublante.

— Oui, admit-elle.

Heureusement, Ruth abandonna son interrogatoire pour parler d'elle-même.

— J'ai eu trois maris, figurez-vous. L'un d'eux était l'oncle de Matt. Mes neveux travaillent tous au ranch. Vous êtes très jolie, bien qu'un peu trop maigre à mon goût. Les hommes vont vous tourner autour comme des mouches attirées par un pot de confiture. N'y faites pas attention. Et ne cédez à aucun d'entre eux, compris ?

Elle adoucit ces mots d'un clin d'œil.

— N'oubliez pas que nous avons trois petites filles à la maison, qui n'ont pas les yeux dans leur poche. Il est inutile de leur donner le mauvais exemple.

— De ce côté-là, vous n'avez pas à vous inquiéter, rétorqua la jeune femme.

— Hmm...

De nouveau, Ruth la dévisagea avec intensité, comme si elle tentait de sonder son âme.

— Allez-vous à l'église ?

— J'y suis allée hier matin, répondit Emilie, en soutenant son regard.

Ruth hocha la tête.

— Nous allons à l'église méthodiste. Le pasteur est un homme bien, et il parle haut et fort, ce qui me permet d'entendre ses sermons. Le service commence à 10 heures, mais il nous faut une demi-heure pour aller en ville, et j'aime bien arriver à l'avance, pour choisir ma place. Il faudrait que les petites soient prêtes à 9 heures.

La vieille dame saisit sa canne et se leva avec effort.

— Cette maudite hanche me fait un mal de chien, grommela-t-elle. Si vous voulez, je vous emmènerai avec les petites. Nous reviendrons vers midi. Est-ce que Matt vous a dit que vous aviez congé le dimanche ?

— Oui.

— Dans ce cas, je vais sortir un pain de viande du congélateur.

— Oh, non, intervint Emilie. Je n'irai pas avec vous ce matin. Je vais préparer le déjeuner.

— Hum...

La vieille dame la toisa de haut en bas.

— Vous n'avez pas l'air d'une ménagère, Emma, et encore moins d'une cuisinière. Regardez vos mains... Elles sont impeccablement manucurées.

— Cela ne veut rien dire. Je sais faire la cuisine, insista la jeune femme.

Tout à l'heure, quand elle serait seule, elle se demanderait quelle mouche l'avait piquée... A quoi rimait cet énorme mensonge ? Pourquoi tenait-elle à plaire à tante Ruth, une vieille femme hargneuse qui n'était même pas de sa famille ?

Elle tenta de se rassurer en se disant qu'elle avait vu, dans l'un des placards, une pile de livres de cuisine. Il lui suffirait de choisir une recette et de la suivre point par point. Paula ne lui avait-elle pas déclaré un jour que « quand on sait lire, on sait cuisiner » ?

— Je me suis occupée de mon père pendant des années, insista Emilie, devant l'air sceptique de Ruth. Je n'avais que dix-sept ans quand j'ai pris la maison en main.

En fait, c'étaient les domestiques qu'elle avait pris en main. Elle leur donnait des ordres chaque matin, supervisait les menus préparés par le cuisinier, et s'assurait que les obligations mondaines de son père n'interféraient pas avec ses rendez-vous professionnels. Mais cela, elle ne pouvait pas l'expliquer à la vieille dame. Le monde dans lequel Ruth vivait était trop différent de la planète Grayson.

— Comme vous voulez, marmonna la vieille dame. Je passerai prendre les petites à 9 heures pile. Et ne croyez pas Martha, si elle vous dit qu'on peut venir à l'église en jean. Elle et ses sœurs savent très bien ce qu'elles doivent porter le dimanche.

— D'accord.

Emilie s'empressa de prendre la tasse de Ruth pour la mettre dans l'évier.

— Le café était excellent, déclara cette dernière. Je parie que c'est Matt qui l'a fait, ajouta-t-elle avant de sortir de la pièce en claudiquant.

— On peut aller à l'église en jean, déclara Martha. J'ai des copines qui le font.

Emilie lui coula un regard en biais tout en aidant Mackie à enfiler une robe de coton fleuri.

— C'est bien la première fois que j'entends une chose pareille, dit-elle.

Sans se démonter, Martha brandit deux jeans sous les yeux de la jeune femme.

— Je mets le noir ou le bleu marine ? Lequel tu préfères ?

— Ni l'un ni l'autre. Je préfère que tu ailles choisir une robe dans ta penderie. Et dépêche-toi. Je ne veux pas que tu sois en retard.

Martha lança ses jeans sur le plancher et tapa du pied.

— Je déteste les robes ! Je veux mettre mes *nouveaux* vêtements !

Emilie saisit une brosse et entreprit de démêler en douceur les longues boucles brunes de Mackie.

— Il faut que tu mettes une robe, Martha. Cela fera plaisir à ta tante Ruth. Tu pourras te changer après le déjeuner.

Tout habillée, Melissa alla se glisser dans son lit et remonta son drap jusqu'au menton. Elle détestait les scènes.

Martha marcha d'un pas de grenadier jusqu'à sa penderie, ouvrit la porte, et s'y enferma. Emilie entendit le grincement des cintres que l'enfant faisait glisser sur la tige en fer, et sourit en son for intérieur. Elle avait vécu dans un pensionnat de filles pendant des années, et avait l'habitude des disputes à propos de vêtements.

— Tu veux que je t'aide, Martha ?

Il y eut un silence, puis elle entendit la voix étouffée de la fillette.

— Je peux porter ma nouvelle jupe ?

— Non. Ta tante n'apprécierait pas une jupe en jean.

La jeune femme enserra les cheveux de Mackie en une queue-de-cheval, qu'elle décora d'un chouchou rose pâle.

— Voilà... Tu es prête, mon cœur.

— Merci, Emma.

L'enfant bondit jusqu'au lit où s'était réfugiée Melissa et lui tapota l'épaule.

— Allez, debout ! On va bientôt s'en aller !

Emilie attendit que Martha veuille bien sortir de sa penderie, en priant tout bas pour que la fillette se montre un peu plus coopérante. Elle savait que les enfants étaient fatiguées de leur folle journée de la veille, et comprenait pourquoi elles avaient tendance à se montrer grincheuses.

Son attente fut récompensée : Martha ouvrit lentement la porte, une robe rouge à la main.

Tout en l'aidant à s'habiller, Emilie prêta une oreille distraite aux commentaires des trois sœurs. C'est ainsi qu'elle apprit un certain nombre de choses d'une importance capitale :

Papa avait un ranch immense, avec plein de vaches et de chevaux.

Tante Ruth ne frappait jamais quelqu'un avec sa canne, sauf quand elle était en colère. Et seulement avec le bout.

Elles aimaient toutes les trois les pétales de maïs enrobés de sucre glace. Ceux qui sortent d'un paquet dans lequel on a caché un petit jouet en plastique. Et elles détestaient les flocons d'avoine et les œufs brouillés au petit déjeuner.

Le chien s'appelait Tornade et il n'avait pas le droit de rentrer dans la maison.

Il y avait quatre chats qui dormaient dans la grange.

L'école était sympa, mais les profs étaient trop exigeants.

Mackie suçait son pouce quand personne ne la regardait.

Maman était morte il y a longtemps...

Peu désireuse d'en entendre davantage, Emilie entraîna les trois fillettes trop bavardes hors de la chambre.

4.

— Débrouille-toi pour en savoir davantage sur elle, Matt. Tu ne peux pas confier tes filles à une étrangère !

Matt souleva son chapeau pour essuyer du revers de la main son front en sueur. Il faisait chaud, ce matin, et il y avait encore pas mal de travail à faire avant l'heure du déjeuner.

— Tante Ruth, je t'ai déjà dit qu'elle s'était très bien occupée des filles, à Lincoln. Elle cherchait justement un job pour quelque temps, c'est pour cela que je l'ai engagée. Et arrête d'agiter ta canne comme un moulinet !

— Si cette fille sait faire le ménage et la cuisine, moi je suis une championne de rodéo, grommela la vieille dame.

Matt regarda la petite femme toute ronde vêtue d'une robe bleue ornée d'un col blanc qui lui faisait face, et sourit d'une oreille à l'autre.

— Tu es une championne de toutes les façons, tante Ruth.

— Arrête de me taquiner, et débrouille-toi pour prendre des renseignements sur Emma.

— Tu n'as qu'à les prendre toi-même, rétorqua Matt. Va lui poser des questions.

— C'est exactement ce que je vais faire.

— Elle t'accompagne à l'église ?

— Non. Elle préfère rester ici pour préparer le déjeuner.

55

Matt réprima un soupir de soulagement. Il allait échapper au sempiternel pain de viande que tante Ruth sortait du congélateur tous les dimanches.

— Cela t'ennuie ? demanda-t-il.

— Non, si elle sait faire la cuisine. A mon avis, ta jolie recrue ne sait même pas faire griller une saucisse. Tu veux parier ?

Matt, qui ne manqua pas la lueur de défi qui brillait dans les prunelles sombres de sa tante, se contenta de hausser les épaules.

— On verra bien tout à l'heure, murmura-t-il.

Ruth hocha la tête.

— Je vais chercher mon chapeau, annonça-t-elle en se dirigeant vers la maisonnette de trois pièces dans laquelle elle habitait, et qui avait été autrefois le bâtiment principal du ranch. J'ai dit à Emma que je passerai prendre les petites à 9 heures. J'espère qu'elles seront prêtes à l'heure.

— J'en suis certain, affirma Matt, en croisant les doigts derrière son dos.

Avec Emma, il n'était sûr de rien. C'était, hélas, la seule certitude dont il disposait à son sujet.

La matinée passa comme un éclair, pour Matt. Entre les chevaux à panser, les vaches à nourrir, les clôtures à réparer, il n'eut guère le temps de penser à Emma et à sa conversation avec tante Ruth.

En fait, il avait oublié ce que c'était d'avoir une femme à la maison. Quand il avait vu Emma pénétrer dans la cuisine au petit matin, il s'était senti si décontenancé qu'il avait réagi en prenant la fuite. Restait à espérer qu'elle ne se soit pas offusquée de sa conduite...

Il était près de midi quand il revint chez lui. Il se dirigea vers la cuisine avec une certaine appréhension. Emma Gray était presque trop jolie, et il pressentait qu'il devrait lui parler en prenant garde à ne pas la dévisager avec trop d'attention. Fort heureusement, cela ne lui serait pas trop difficile : il avait assez souffert pendant son mariage pour savoir qu'il devait éviter les femmes à tout prix.

Pour faire plaisir à sa tante, il essaierait de prendre quelques renseignements sur Emma. Pourtant, il avait déjà engagé nombre de cow-boys en se fiant à son intuition, et celle-ci s'était toujours révélée exacte. Il ne s'était trompé qu'une fois.

Quand il avait choisi sa future épouse.

Il allait donc avoir une petite conversation avec Emma, lui poser deux ou trois questions, puis il irait se changer pour le repas. Si Emma était capable de préparer un bon déjeuner, les soupçons de Ruth s'évanouiraient comme par enchantement. Et il appellerait sa sœur Stephanie pour lui annoncer qu'il gardait les filles au ranch...

Le pas plus alerte, le sourire aux lèvres, Matt poussa la porte de la cuisine.

Un nuage d'épaisse fumée le prit à la gorge et le fit suffoquer.

— Qu'est-ce que vous faites ? Mais vous êtes cinglée, ma parole !

Debout devant la cuisinière, Emilie sursauta, mais ne se retourna pas pour autant. Cette voix, elle la connaissait. Et elle était trop occupée pour lui répondre.

— Vous voulez mettre le feu au ranch ? cria Matt, en se précipitant pour tourner tous les boutons de la gazinière.

— C'est malin ! Vous avez éteint... Comment voulez-vous que je fasse le déjeuner, maintenant ?

Faire le déjeuner ? Il faillit s'étrangler d'indignation devant le morceau de viande carbonisé qui gisait dans une flaque d'huile noircie, au fond de la poêle.

— Vous m'aviez dit que vous saviez faire la cuisine, gronda-t-il.

— C'est à cause du gaz, rétorqua-t-elle. Chez moi, j'avais une plaque électrique.

— Nous sommes obligés d'avoir du gaz, à cause des pannes d'électricité qui ont lieu chaque fois qu'il y a un orage ou une intempérie, expliqua-t-il un peu plus doucement.

Elle hocha la tête, contempla le steak brûlé, se saisit d'un couteau pointu.

— Je vais gratter le dessus, annonça-t-elle.

— Ce n'est pas du pain grillé, Emma. C'est de la viande, vous comprenez ?

Vu le désastre, il commençait à avoir des doutes non pas sur les compétences culinaires de sa nouvelle recrue, car elles étaient inexistantes à l'évidence, mais sur sa santé mentale.

— A Chicago, ça se fait, insista Emilie, au bord de la crise de nerfs.

Devant tant de mauvaise foi, il se tut.

— En plus, cette poêle est trop vieille. Le fond attache, grommela-t-elle. Pourquoi n'avez-vous pas de poêle avec un fond antiadhésif ?

— Parce qu'ici, nous savons faire la cuisine, trancha-t-il d'un ton sec.

— Moi aussi, rétorqua-t-elle vivement. Vous aimez les pâtes ?

— J'aime la viande. Rouge de préférence.

Il prit l'assiette sur laquelle Emilie avait déposé le morceau de bœuf carbonisé.

— Qu'est-ce que vous allez en faire ? demanda-t-elle.

Elle était justement en train de penser qu'elle pourrait la faire bouillir dans de l'eau salée, histoire de l'attendrir un peu...

— Je vais la donner au chien. Je pense que ça va l'amuser... Ou lui flanquer une indigestion.

— Mais c'est notre déjeuner ! J'ai promis à votre tante que nous passerions à table à 13 heures.

Elle lança un coup d'œil inquiet à l'horloge murale.

— Il est déjà midi, murmura-t-elle.

— Eh bien, inventez une nouvelle recette... Il y a assez

de bœuf dans le congélateur pour nourrir une armée entière. Vous n'avez qu'à décongeler des steaks et les faire frire.

— C'est ce que j'étais en train de faire, observa-t-elle, au comble de l'exaspération.

— Sauf que c'était un rôti...

Il soupira.

— Qu'alliez-vous servir, avec la viande?

— Des haricots.

Elle avait trouvé un stock de boîtes de conserve sur l'une des étagères, et elle savait se servir d'un ouvre-boîte.

— Et du riz, ajouta-t-elle.

Là, elle était sûre d'elle. Un Chinois de ses amis lui avait appris à le faire cuire. Avec les pâtes, c'était la seule chose qu'elle savait préparer.

— Il faut aussi une salade. Des betteraves, par exemple, c'est excellent. Et n'oubliez pas le dessert. C'est dimanche, et les enfants s'attendent à quelque chose de spécial, commenta Matt.

S'ils voulaient quelque chose de spécial, ils allaient être servis, songea-t-elle, à deux doigts d'une crise de désespoir.

Elle secoua la tête.

— Ecoutez, pour ce job, je crois que je me suis trompée. Que nous nous sommes trompés, rectifia-t-elle.

Primo, elle avait horreur d'avoir tort. Secundo, c'était lui qui l'avait entraînée dans cette galère, non?

— Non... Pas du tout, affirma-t-il. Tenez, je vais vous aider... Faites tremper la poêle pendant que je vais choisir de la viande dans le congélateur. Et ouvrez les fenêtres, pour dissiper la fumée. Quand tante Ruth reviendra avec les enfants, le repas sera prêt.

Il se précipita au sous-sol, où se trouvait l'énorme congélateur, sous l'œil étonné d'Emilie. Apparemment, il avait besoin d'elle. Et elle avait besoin d'un toit où se cacher... Autrement dit, ils allaient finir par s'entendre.

— Le chien a l'air ravi. Il frétillait de la queue, quand je lui ai mis le bout de viande sous la truffe, déclara Matt en revenant.

Il posa sur la table un paquet enrobé d'aluminium.

— C'est quoi ?

— Regardez vous-même.

Elle retira la feuille argentée et aperçut des morceaux de viande empilés les uns sur les autres.

— Ça se prépare comment ? demanda-t-elle, vaguement inquiète.

— Je vais vous montrer.

Il plaça les steaks dans le four à micro-ondes et tourna un bouton.

— Une fois décongelés, nous les cuirons à petit feu, expliqua-t-il.

Le « nous » rassura Emilie. Elle n'était plus toute seule dans cette galère.

— Vous avez l'air de vous y connaître, murmura-t-elle, admirative.

— Il a bien fallu que je m'y mette.

Elle perçut le brin d'amertume dans sa voix et changea de sujet.

— Vous avez toujours vécu ici ?

— Oui. Ce sont mes arrière-grands-parents qui ont construit ce ranch. Il s'est agrandi au fil des générations et, aujourd'hui, c'est l'un des plus importants du pays.

— Et vous le gérez tout seul ? demanda-t-elle, encore plus admirative.

— Oh, j'ai des employés.

S'ils étaient tous comme elle, ce devait être l'enfer, songea-t-elle tristement. Comment les choses s'étaient-elles dégradées à ce point ? Comment elle, la fiancée de l'année, celle qui devait être la plus jolie mariée de la saison selon les chroniqueurs mondains, s'était-elle débrouillée pour transformer la cérémonie en désastre, abandonner son père et ses amis, et débarquer au fin fond du Nebraska ? Tout cela en moins de quarante-huit heures ! A croire qu'on lui avait jeté un sort...

Emilie secoua la tête. Qu'elle le veuille ou non, elle était devenue Emma Gray, et cette dernière n'avait guère le temps de s'apitoyer sur elle-même. Elle avait un déjeuner à préparer.

— C'est excellent, déclara Matt. Vous pouvez me repasser le riz?

Ravie du compliment, Emma s'exécuta avec empressement.

— Où avez-vous trouvé cette nappe? demanda Ruth, qui chipotait dans son assiette et scrutait le riz avec méfiance comme s'il était empoisonné.

— Dans l'un des tiroirs de la commode, dans la lingerie. Pourquoi? Je n'aurais pas dû la prendre?

— « Le » prendre, corrigea Ruth, les sourcils froncés, en fixant le tissu immaculé. C'est un drap.

Il y eut un silence, que Matt interrompit gaiement.

— Qui veut encore des haricots?

Personne ne répondit. Ils avaient l'estomac plein, se dit Emma avec satisfaction. Il valait mieux, car le dessert qu'elle leur avait concocté ne valait pas grand-chose, lui.

Mackie étouffa un bâillement, que Ruth intercepta. Rien n'échappait à son œil de lynx.

— Ces enfants sont épuisées, Matt, dit-elle d'un air de reproche. Tu n'aurais pas dû rentrer si tard hier.

— Je sais, tante Ruth, répondit son neveu d'une voix de petit garçon qui amusa beaucoup Emilie. Mais Lincoln est à deux heures de route. Et il fallait bien que j'y aille, pour leur acheter des vêtements. C'est toi-même qui me l'as dit.

A court d'arguments, la vieille dame se tourna vers Emma, l'œil vindicatif.

— C'est vous qui avez aidé les filles à faire leurs achats, paraît-il.

— C'est vrai, et j'espère que leurs nouveaux habits vous plairont, répondit la jeune femme avec un sourire éblouissant.

Elle n'était pas la fille de George Grayson pour rien et elle savait charmer un invité irascible. Mais tante Ruth représentait un réel défi, et elle ignorait si son charme opérerait sur la vieille dame.

— Vous avez vécu toute votre vie dans ce ranch, n'est-ce pas? A-t-il beaucoup changé, depuis votre enfance? demanda-t-elle d'un ton suave.

Désarmée, et ravie que l'on s'intéressât à elle, tante Ruth ne se fit pas prier pour répondre.

— Oh, oui, il a changé! Mon père et mon mari n'avaient pas toutes ces machines pour faire leur travail à leur place... Avec mes frères, ils labouraient les terres à l'aide d'une charrue et de bons vieux chevaux.

Mackie glissa de sa chaise pour aller grimper sur les genoux de son père. Celui-ci la laissa faire et termina de saucer son assiette avec un morceau de pain piqué au bout de sa fourchette. Il avait l'habitude d'avoir un enfant sur les genoux, songea Emma en les regardant avec une pointe d'envie. Petite, elle n'avait jamais eu ce genre de relation avec son père.

Elle revint à tante Ruth.

— Ainsi, vous aviez des frères... Des sœurs aussi?

— Non, pas de sœur. Mais huit grands frères, expliqua Ruth, le regard animé. Mon père disait que je lui donnais plus de mal que tous mes frères réunis, ajouta-t-elle avec fierté.

Emma la crut sans peine.

— Ma mère avait prévenu mon père qu'elle voulait une fille pour l'aider dans la cuisine. J'avoue qu'elle a eu de la persévérance, reprit Ruth.

— Moi aussi, j'aime aider dans la cuisine, déclara Martha.

— Et moi aussi, renchérit Melissa.

Emma se leva.

— Dans ce cas, vous voudrez bien m'aider à débarrasser la table?

Les fillettes hochèrent la tête et emboîtèrent le pas à

Emma, qui fit le tour de la table pour retirer les assiettes sales, comme elle l'avait vu faire à Daisy, leur femme de chambre.

— Voulez-vous du café ? demanda-t-elle à Matt et à sa tante.

— Il faut toujours en avoir sous la main, Emma, observa la vieille dame. Jour et nuit. Les cow-boys en boivent à toute heure. Ne l'oubliez pas.

— Entendu.

Du café chaud, de la viande rouge, des betteraves en salade et un dessert le dimanche. Elle allait finir par connaître la chanson, se dit la jeune femme.

Elle posa les assiettes sur le plan de travail, puis saisit la cafetière et le pot de lait. Si seulement elle pouvait avoir six mains et quatre jambes, tout serait parfait !

— D'où venez-vous, déjà ? demanda Ruth, l'air innocent, dès qu'elle revint à table.

— De Chicago.

Melissa lâcha la salière qu'elle tenait à la main. Le flacon roula sous la table et la fillette plongea sous la nappe-drap de lit pour le récupérer.

— Et comment avez-vous atterri à Lincoln ? poursuivit Ruth, qui avait manifestement repris des forces.

— Excusez-moi, murmura Emma en passant près d'elle pour prendre le plat de viande qu'elle avait oublié sur la table.

La manœuvre lui laisserait le temps de se creuser les méninges pour trouver un moyen de dévier la conversation, espérait-elle. Il ne restait que deux steaks dans le plat, ce qui prouvait que le repas était assez réussi. Evidemment, c'est Matt qui avait cuit la viande, mais elle l'avait bien observé et, la prochaine fois, elle les réussirait tout aussi bien.

— Je vais chercher le dessert, annonça-t-elle. Qui veut de la glace ?

Elle avait repéré dans le congélateur des cartons de glace, et en avait pris un au hasard. Quel que soit le parfum, ce serait meilleur que son gâteau aux carottes, qui ressemblait davantage à un plat de légumes qu'à un dessert.

— Moi, j'en veux ! hurla Melissa, en sortant brusquement à quatre pattes de dessous la table, tel un diable de sa boîte.

Emma, qui ne l'avait pas vue, trébucha sur la fillette. Le plat de viande qu'elle tenait en main se renversa, et les deux steaks fusèrent droit devant comme deux missiles, pour atterrir sur l'ample poitrine de Ruth Tuttle.

— C'est le meilleur dimanche qu'on ait eu depuis longtemps, déclara Martha.

Ses sœurs hochèrent la tête, le sourire aux lèvres. Elles avaient toutes les trois pleuré de rire en découvrant les morceaux de viande qu'Emilie avait catapultés sur les seins de leur grand-tante et, surtout, la tête que faisait cette dernière. Même Mackie l'avait vu. Le cri de surprise de son père l'avait réveillée juste à temps pour apercevoir les steaks voler à travers la cuisine et s'écraser sur la robe de tante Ruth.

La vieille dame avait bondi de sa chaise avec une vitesse surprenante, compte tenu de ses rhumatismes. Encore à genoux sur le carrelage, Melissa avait failli s'étouffer de rire. Et elles en riaient encore, assises en tailleur dans leur chambre où leur père les avait envoyées se changer. C'était encore plus drôle que la fois où Tornade était entré dans la cuisine et avait galopé autour de la table avec une souris dans la gueule.

— Tu crois que tante Ruth va demander à papa de renvoyer Emma ? demanda soudain Melissa.

Les trois fillettes se regardèrent, toute hilarité disparue.

— Non, dit finalement Martha. Il n'en est pas question.

— Comment en es-tu aussi sûre ?

L'aînée, qui était en train d'enfiler son T-shirt violet

favori, attendit que sa tête émerge de l'encolure pour affirmer, avec un sourire en coin :

— Parce que, si tante Ruth veut faire partir Emma, on dira à Mackie de se cramponner à elle en pleurant le plus fort possible. Et elle restera. C'est obligé.

— O.K., dit Mackie, avant de sucer son pouce avec entrain.

— Combien de temps on doit rester ici ? demanda Melissa, qui avait troqué sa robe du dimanche contre un vieux jogging gris et un T-shirt blanc.

— Pas longtemps, répondit Martha.

En fait, elle n'en savait strictement rien, mais en tant qu'aînée elle ne pouvait se permettre d'avouer son ignorance à ses deux cadettes. De toute façon, il faudrait bien que quelqu'un monte pour coucher Mackie. La fillette faisait toujours une petite sieste dans l'après-midi, sinon elle ronchonnait toute la soirée.

— Va demander si on peut descendre, souffla Melissa. J'ai envie de jouer dehors avec ma Barbie.

— Vas-y toi-même.

— Non, c'est toi la plus vieille.

— D'accord, marmonna Martha.

Elle marcha vers la porte, l'ouvrit, sortit sur le palier, et n'entendit pas un bruit. Sur la pointe de ses chaussettes, elle s'aventura en haut de l'escalier et tendit l'oreille. Ooooh... Quelqu'un montait. La fillette se précipita vers sa chambre. Quelques secondes plus tard, la tête d'Emma apparut dans l'entrebâillement de la porte.

— Martha ? Où est Mackie ? Ton père m'a dit qu'elle devait faire la sieste.

— Elle est ici, avec nous.

Emma ouvrit la porte et aperçut Mackie.

— Bon, je vais l'emmener...

— Elle doit aller aux toilettes d'abord, la prévint Martha.

— D'accord. Où est la salle de bains ?

— Par ici.

Martha désigna à la jeune femme la petite salle d'eau qui séparait sa chambre de celle de Mackie.

Emma entraîna le bout de chou, et Martha les suivit pour s'assurer que tout se passerait bien.

Non seulement tout se passa comme sur des roulettes, mais Emma n'empêcha pas Mackie de sucer son pouce, contrairement à tante Ruth. Martha dut simplement indiquer à Emma qu'il fallait mettre les trois oursons en peluche rose dans le lit de sa petite sœur, tirer les rideaux et laisser la veilleuse allumée.

En revanche, le pyjama n'était obligatoire que pour la nuit.

— Tante Ruth est encore dans la cuisine? demanda Martha tout bas, tandis qu'elles s'éloignaient de la chambre de Mackie, qui dormait comme un loir.

Emma fit la grimace.

— Non. Elle est rentrée chez elle. Elle a dit qu'elle avait des choses à faire.

— Elle est très en colère?

— Je ne sais pas, soupira Emma. Je crois que jamais personne n'a été aussi maladroit que moi en débarrassant la table.

Martha hocha la tête.

— Ne t'en fais pas. Tu n'as pas cassé d'assiette, et papa donnera la viande au chien.

Emma eut un drôle de sourire en coin.

— Si ça continue, tu vas avoir le chien le plus gras de tout le Nebraska, murmura-t-elle.

Quelques minutes plus tard, Martha et Melissa s'installèrent sous le porche de la maison, pour jouer avec leurs poupées Barbie. Ça, c'était le prétexte. Mais la vraie raison pour laquelle elles avaient choisi cet endroit stratégique, c'était pour surveiller ce qui s'y passait. Depuis l'arrivée d'Emma, la vie était devenue beaucoup plus intéressante. Imprévisible. Et drôle. Et si jamais il se produisait un autre événement aujourd'hui, elles voulaient être aux premières loges.

Emma eut beau fouiller et chercher partout, jusqu'au fond des placards et même derrière la porte de la cuisine, elle dut se rendre à l'évidence : il n'y avait pas de lave-vaisselle. Il fallait laver les assiettes à la main — en l'occurrence, il s'agissait de ses mains — et les essuyer avant de les ranger.

Avec le courage des néophytes, la jeune femme retroussa ses manches et se mit à l'ouvrage. N'étant guère expérimentée, elle prit un bon moment pour accomplir la tâche. Une fois la vaisselle faite, elle avait la sueur au front et les ongles bleuis par l'eau froide. La vision de Ruth retirant les steaks plaqués sur sa robe et dégoulinant de graisse la hantait. Emma avait l'intuition que ses jours au ranch étaient comptés. Elle avait promis à Matt de rester quelques semaines, pour qu'il ait le temps de se trouver une aide familiale professionnelle, mais elle devinait qu'il avait intérêt à accélérer ses recherches. Sa tante ne la supporterait pas longtemps, surtout si elle continuait à carboniser la viande ou à la faire voler à travers la cuisine...

Pourtant, si Emma pouvait avoir le choix, elle préférerait encore rester au ranch et encourir la fureur de Ruth Tuttle plutôt que de se retrouver face à son père.

Elle passa une éponge sur la table, la rinça dans l'évier, et décida d'aller voir ce que fabriquaient les filles. La dernière fois qu'elle les avait aperçues, elles étaient en train de s'installer sous le porche avec une montagne de jouets dans les bras.

La maison des Thomson était vaste et relativement claire, pour une demeure ancienne. Le salon était la pièce préférée d'Emma, avec ses proportions spacieuses, son plancher couvert de tapis de couleurs vives, ses canapés de cuir patiné, et son immense cheminée. Le soleil se déversait à flots dans la pièce par deux larges baies vitrées et par une porte-fenêtre qui donnait directement sur un jardin, petit et bien clos. Emma referma les lamelles des stores de bois qui équipaient les baies pour éviter que la pièce ne devienne trop chaude. L'été indien battait son plein et il n'y avait guère d'ombre aux alentours de la maison.

— A quoi jouez-vous? demanda la jeune femme, en rejoignant Martha et Melissa sous le porche.

— A la poupée, déclara Melissa, en lui montrant la demi-douzaine de Barbie allongées sur la pierre. Tu veux jouer avec nous?

— Bien sûr.

Elle s'assit en tailleur entre les deux sœurs. Martha lui tendit une Barbie vêtue d'une longue robe blanche.

— Tiens... Tu feras la mariée.

— Euh... Non, merci. Est-ce que je peux être quelqu'un d'autre? La demoiselle d'honneur, par exemple? Ou bien...

Emma lança un coup d'œil à la pile d'habits minuscules entassés près de la fillette.

— Je pourrais être une cow-girl... Qu'en penses-tu?

Martha haussa les épaules.

— Tu peux l'habiller comme tu veux. On est en train de préparer le mariage. Tu pourrais être la meilleure amie de la mariée.

Emma hocha la tête.

— Les meilleures amies sont toujours très utiles, quand on se marie, dit-elle gravement.

Elle pensait à Paula. Elle devrait l'appeler bientôt, pour

savoir ce qui s'était passé après qu'elle eut pris la fuite, le jour de son mariage. D'un autre côté, elle n'était pas certaine de vouloir le savoir...

Ken avait dû s'éclipser après avoir fait une brève déclaration aux journalistes. Son père avait sûrement annoncé à la presse que sa fille avait dû retarder son mariage pour des raisons de santé. Ni l'un ni l'autre n'avaient intérêt à dire la vérité, car cette dernière constituerait un « suicide politique », comme l'avait indiqué Ken.

« Je l'ai échappé belle », se dit Emma avec un frisson rétrospectif. Pour elle, ce mariage avec Ken aurait été un suicide affectif.

Tout à coup, elle se demanda ce que Matt dirait, s'il apprenait qu'elle s'était enfuie dix minutes avant de monter à l'autel, plantant là fiancé et invités...

— Emma ?

La jeune femme tressaillit et regarda Martha en clignant des paupières.

— Oui ?

— Est-ce que tu es mariée ?

— Non.

— Tu as un fiancé ?

— Je n'en ai plus.

L'enfant sourit.

— Alors, c'est toi qui feras la mariée ! s'exclama-t-elle en lui tendant la Barbie habillée de blanc, celle qu'Emma avait refusée tout à l'heure. C'est obligé, insista-t-elle. C'est toi la plus vieille.

— D'accord.

Emma prit la poupée et demanda :

— Où est le marié ?

— On en a un, mais sa tête tombe tout le temps, déclara Melissa.

— Oh, ça ne fait rien. On va le prendre sans sa tête, dit gaiement Emma. Barbie s'en fiche, j'en suis certaine.

— Tu crois ? demanda Martha, étonnée.

— Et toi, tu crois que Barbie veut vraiment se marier ? rétorqua Emma en souriant.

— Oui ! déclarèrent en chœur les fillettes.

— Et pourquoi ?

— Parce qu'elle veut porter sa belle robe, commenta Martha.

— Et son voile, et ses chaussures, renchérit Melissa.

Emma songea à sa robe, faite tout exprès pour elle par un couturier branché de Chicago, et qui gisait désormais au fond d'un placard, dans un ranch du Nebraska. Si elle avait passé moins de temps à courir les boutiques et à s'occuper des préparatifs de la réception, elle aurait davantage prêté attention au comportement de son fiancé... Et elle aurait fait annuler le mariage bien avant d'arriver à l'église.

— Tant pis pour le marié, déclara Emma. On n'a qu'à dire que Barbie tourne dans un film et qu'elle fait juste semblant de se marier. D'accord ?

— D'accord ! Alors, elle peut épouser Tom Cruise, dit Martha, tout excitée.

— Ou Harrison Ford, murmura Emma, songeuse.

Matt avait un petit quelque chose d'Harrison Ford dans *Les Aventuriers de l'arche perdue*. Le visage tanné, peut-être... Ou les cheveux trop longs. Ou les rides profondes qui marquaient ses traits encore jeunes pourtant, comme s'il avait fait face à de nombreux dangers et qu'il avait malgré tout réussi à s'en sortir... En tout cas, Matt était un homme entier, déterminé, farouche, courageux. Pas le genre à demander une femme en mariage juste pour donner un coup de pouce à sa carrière.

Mais peut-être se faisait-elle des idées ? Matt ne ressemblait guère aux hommes qu'elle avait l'habitude de côtoyer, et elle était bien incapable de le juger.

— Combien de mariées on va avoir dans le film, Emma ? demanda Melissa de sa petite voix douce.

— Trois. On prendra chacune notre tour.

Avec un sourire, Emma brandit sa Barbie tout enrubannée de blanc. Elle avait vingt-six ans, et jamais elle ne s'était autant amusée à jouer à la poupée.

— Eh, les gars... On a de la visite ! s'exclama Chet, après avoir lancé un regard à la fenêtre.

Matt jeta un coup d'œil et poussa un soupir. Trois petites silhouettes s'avançaient effectivement vers la porte de leur bâtiment. Ce qui l'avait fait soupirer, c'était la quatrième. Beaucoup plus grande, beaucoup plus féminine. Celle de l'employée de maison la plus bizarre et la plus attirante qu'il ait jamais rencontrée.

— Vous voulez que je leur dise d'aller ailleurs ? demanda-t-il à la ronde. Ou bien souhaitez-vous faire la connaissance d'Emma ?

Les trois hommes se levèrent d'un même mouvement et ôtèrent leurs chapeaux. Ce qui signifiait qu'ils voulaient rencontrer Emma, se dit Matt, en ouvrant la porte.

Derrière lui, Bobby épousseta maladroitement son jean. Jasper lissa ses cheveux d'une main fébrile. Chet dissimula sa canette de bière sous une chaise et s'approcha de la porte.

— Bon sang, ce qu'elle est jolie ! s'exclama-t-il à mi-voix.

— Elle n'est pas mal, concéda Matt.

— On dirait un mannequin. Ou une actrice, murmura Bobby, extasié.

Matt grinça des dents. Ses mains le démangeaient, à force d'avoir envie de caresser la peau d'Emma, si douce, si veloutée...

— Dommage qu'elle ne sache pas faire la cuisine, lâcha-t-il, pour calmer l'enthousiasme de ses camarades.

— La cuisine ? Mais on s'en fiche, qu'elle sache la faire ou pas, rétorqua Bobby.

— Figure-toi que, si je l'ai engagée, c'est pour s'occuper des enfants, grommela Matt. Cela signifie qu'elle doit les nourrir, non ?

— Ce n'est pas une employée de maison que tu as ramenée de Lincoln, mon vieux. C'est une femme. Je parie tout ce que tu veux que tu l'épouseras dans les trois mois !

— Eh bien, tu vas perdre ton pari, Chet. Je n'ai aucune intention de me remarier. Ni de passer du temps avec Emma, d'ailleurs. J'ai trop de travail et, en plus, elle ne m'intéresse pas, déclara Matt, avec une formidable mauvaise foi.

— On verra ça, observa Chet, le sourire en coin.

Il s'avança d'un pas, ouvrit les bras.

— Venez dire bonjour à oncle Chet, mes chéries !

Les enfants se précipitèrent vers le colosse en poussant des cris de joie.

Après que chacune des fillettes eut planté un baiser sonore sur les joues de Chet, celui-ci les laissa pénétrer dans la salle.

Il tendit la main à Emma, qui était restée discrètement en arrière.

— Bonjour. Je m'appelle Chet, et je suis le cousin de Matt. Ravi de faire votre connaissance, ajouta-t-il un peu gauchement.

— Emma Gray, répondit la jeune femme.

La scène se répéta avec Jasper et Bobby, sous l'œil mi-amusé, mi-agacé de Matt. Les trois hommes prenaient un air mondain, comme s'ils avaient l'habitude de recevoir de charmantes jeunes femmes tous les dimanches après-midi dans leur salle commune. Jasper se précipita pour lui proposer une bière glacée, tandis que Chet lui offrait la meilleure place sur le grand canapé, et que Bobby la contemplait, un sourire extatique aux lèvres et un sachet de cacahuètes grillées dans les mains.

— Papa, tu veux bien nous emmener faire un tour en tracteur ? S'il te plaît...

Melissa passa ses petits bras autour des jambes de son père et le regarda d'un air suppliant. Derrière elle, Mackie ouvrait de grands yeux implorants. Comment diable pouvait-il résister ? se demanda Matt.

Martha, elle, ne quittait pas Emma d'une semelle. Assise à ses pieds, elle écoutait sans vergogne la conversation entre la jeune femme et ses trois admirateurs.

— Il fait très chaud aujourd'hui, finit par répondre Matt. Demain, peut-être...

— C'est ce que tu dis chaque fois, se plaignit Melissa.

— Le nouveau tracteur n'est pas encore arrivé.

— Ça ne fait rien. On ira sur le vieux tracteur. Emma voulait faire le tour du ranch, et on lui a dit que tu l'emmènerais avec nous. Tu es d'accord ?

— Bien sûr qu'il est d'accord, intervint Chet, avec un clin d'œil en direction de Matt. Il faut qu'Emma ait une idée de l'endroit où elle se trouve, c'est la moindre des choses.

Il se tourna vers la jeune femme.

— Avez-vous déjà travaillé dans un ranch, ma chère ?

— Non. C'est la première fois.

— Je parierais mon chapeau que vous n'étiez jamais venue au Nebraska non plus, dit-il en riant. Fais-lui faire le tour du propriétaire, Matt. Tu as eu tellement de mal à recruter quelqu'un pour t'aider que tu as intérêt à bien la traiter si tu veux la garder !

Matt s'abstint de rétorquer qu'il avait passé la plus grande partie de la matinée à faire le déjeuner à la place d'Emma, ce qui était un traitement de faveur...

— Vous voyez cette colline, là-bas ? demanda-t-il à la jeune femme. Eh bien, avec un peu de chance et de carburant, Matt vous emmènera jusque-là pour vous donner une idée de l'étendue de nos terres qui se trouvent juste derrière. Vous verrez, c'est d'une beauté à vous couper le souffle.

— Oh, vraiment ? Je serai ravie d'y aller, déclara Emma.

Elle leur décocha un sourire éblouissant, qui tétanisa sur place les trois hommes. Les semelles de leurs bottes collées au plancher, ils se tenaient devant elle, immobiles comme trois statues de sel, les yeux écarquillés et sou-

73

riant bêtement d'une oreille à l'autre. A croire qu'ils n'avaient jamais vu de jolie femme avant, se dit Matt. Et qu'ils ne seraient plus jamais les mêmes après...

— Très bien, accepta-t-il d'un ton brusque. Allons faire ce fameux tour en tracteur...

Personne ne bougea. Ses cousins restaient figés, hypnotisés par le sourire d'Emma.

A la fin, Martha demanda de sa petite voix pointue :

— Et Emma aussi, elle peut venir avec nous ?

— Si elle veut, répondit Matt, exaspéré.

Comme par magie, le charme fut rompu. Emma leva les yeux, rencontra le regard de Matt, et lui sourit.

Cette fois, ce fut Matt qui fut pris au piège. Sa respiration se bloqua et une goutte de sueur lui perla au front. Il aurait pu jurer que la température de la pièce s'était brusquement élevée.

— Je ne suis jamais montée sur un tracteur, dit-elle.

— Eh bien, c'est le moment ou jamais, rétorqua-t-il.

Il vissa son Stetson sur le sommet de son crâne et marcha vers la porte. En passant devant le vieux portemanteau de bois ouvragé, il décrocha un chapeau.

— Vous voulez mettre un chapeau ? demanda-t-il en se tournant vers Emma.

— Non, je ne crois pas.

Il n'hésita qu'une fraction de seconde avant de lui enfoncer le chapeau sur la tête.

— Vous en aurez besoin, affirma-t-il. Avec le soleil qu'il y a aujourd'hui, je ne donnerai pas cher de votre peau dans une heure.

— Oh...

Elle n'avait pas l'air très convaincue, mais elle ne retira pas son couvre-chef.

— Je suis l'une des vôtres, maintenant, dit-elle avec ce sourire qui faisait chavirer chaque fois le cœur de Matt vers ses talons.

Il l'observa avec attention. Malgré son jean, son T-shirt et son vieux chapeau, Emma n'avait rien d'une femme de

74

cow-boy. Elle avait des tennis neuves, des chaussettes blanches, et portait du rouge à lèvres comme si elle s'apprêtait à faire des courses en ville. Quant à sa silhouette, c'était celle d'un mannequin. Rien à voir avec les femmes robustes, aux courbes rembourrées et à la poitrine opulente que tante Ruth ne cessait de lui présenter depuis qu'il avait perdu son épouse.

— Si vous voulez vraiment être l'une des nôtres, il va falloir vous salir les mains, marmonna-t-il. Venez, je vais vous montrer la grange.

— Chic! On va voir les chats, s'exclama Melissa.

— Les enfants n'ont pas le droit d'y aller seules, expliqua Matt. Il y a trop de machines agricoles et d'outils de toutes sortes qui y sont entreposés. En y jouant, elles risqueraient d'avoir un accident. Elles savent qu'elles doivent rester dans le jardin.

— D'accord.

— Les filles ne doivent pas non plus aller dans la cour. Mes hommes y font un va-et-vient incessant, avec leurs motos, leurs chevaux, les camions. Je ne veux pas qu'ils soient gênés dans leur travail par les enfants. A propos, les bungalows où dorment les hommes sont interdits aux femmes. Si vous avez besoin d'appeler, vous pouvez téléphoner. La liste des numéros est accrochée à l'un des murs de la cuisine.

— Je comprends. Les femmes et les enfants dans la cuisine, et les hommes dans les champs. C'est bien cela?

— Tout à fait, répondit-il, en lui coulant un regard en biais.

Il avait la vague impression qu'elle se moquait de lui.

— Ne vous inquiétez pas, Matt. Je vais me faire toute petite, ici. Personne ne me remarquera.

Là, c'était raté, se dit-il en songeant aux regards fascinés que ses trois cousins avaient portés sur la jeune femme.

— Si seulement je pouvais me rendre invisible aux yeux de tante Ruth, soupira-t-elle.

Il lui jeta un coup d'œil et réprima un sourire.

— Elle finira par oublier.

— J'en doute.

Elle leva les yeux vers lui.

— Vous n'allez pas me renvoyer ?

Il haussa les épaules.

— Pourquoi ? Parce que Melissa vous a fait trébucher ? Ce serait absurde ! Je vous l'ai dit, Ruth finira par oublier cet incident.

— Je ne le crois pas. Vous non plus, d'ailleurs.

Il ne répondit pas. Elle avait raison. Sa tante avait une mémoire d'éléphant. Mais il n'avait aucune envie qu'Emma s'en aille. Ses filles avaient besoin d'elle, et lui avait besoin que l'on s'occupe de ses filles. Quant à la cuisine, eh bien... elle apprendrait, avec le temps. Du moins voulait-il l'espérer...

— Voici la grange. Et là...

Il désigna un autre bâtiment, plus petit.

— C'est un abri dans lequel nous mettons les vaches qui vêlent pour la première fois. Nous pouvons les surveiller plus facilement, et nous avons des produits vétérinaires à portée de main.

Emma hocha la tête. Le chapeau lui tomba sur les yeux.

— Et ces maisons, à qui sont-elles ? demanda-t-elle en relevant le bord du Stetson.

Elle désigna du menton des maisons regroupées autour d'une vaste cour, à quelques mètres des bâtiments agricoles.

— La plus grande est celle de Ruth. Les autres servent à loger les employés saisonniers. Quant à la plus petite, tout au bout, c'est la mienne. J'y dors parfois quand je n'ai pas le temps de rentrer chez moi pour dîner et y passer toute la nuit. En fait, je m'en sers surtout pendant la saison des vêlages, au printemps et au début de l'été.

La jeune femme fit un tour sur elle-même.

— C'est immense, murmura-t-elle, songeuse, avant de lever les yeux vers Matt.

Il faillit se noyer dans ses yeux superbes, qui hésitaient entre le gris et le vert, et qui lui rappelaient la couleur d'un étang où il allait pêcher, enfant, avec son père. La voix flûtée et impatiente de Martha le retint juste à temps.

— On peut monter sur le tracteur, maintenant ?

— Oui, bout de chou. Je vais le faire démarrer. Attendez-moi ici avec les enfants, dit-il à Emma, avant de se diriger vers la grange.

Quelques instants plus tard, elles entendirent le hoquet d'un moteur à bout de souffle. Matt avait eu raison d'en acheter un autre à Lincoln, songea Emma. Ce n'était pas du luxe. Le bruit, métallique, saccadé, n'avait rien de commun avec le ronronnement régulier de son coupé Mercedes gris perle — elle se mordit la lèvre. Le coupé appartenait à Emilie Grayson, de Chicago. Une jeune femme qui n'avait rien à voir avec Emma Gray, employée de maison — ou de ranch, plutôt — qui travaillait au milieu de Nulle Part, Nebraska.

Avec le bruit d'une centaine de crécelles, le tracteur sortit de la grange. Les mains serrées sur le volant, Matt le propulsa vers elles. Il avançait par bonds, car le changement de vitesse était bloqué et l'embrayage patinait sérieusement. Il descendit de son siège pour aider ses filles à s'installer dans la remorque qu'il avait accrochée au tracteur, et qui était encore à demi pleine de foin. Emma grimpa souplement et s'y assit avant qu'il ait pu lui offrir son aide, ce qu'il regretta. Cela lui aurait donné l'occasion de la toucher, et il en rêvait de façon quasi permanente.

— Tenez bien Mackie, lui enjoignit-il. Elle est si légère qu'elle risque de glisser.

Elle hocha la tête et passa un bras autour de la taille de la fillette, qui se blottit contre elle. Matt reprit le volant et avança en cahotant vers les pâtures situées au nord du ranch. Quand il passa devant la maisonnette de ses cousins, les trois hommes sortirent en agitant leurs chapeaux. Les fillettes et Emma secouèrent la main. Matt surprit le clin d'œil que lui adressa Chet et se détourna. Ce genre de complicité masculine l'énervait au plus haut point. Grands dieux, ne pouvait-il pas emmener ses filles et leur baby-sitter faire un tour en tracteur sans avoir à subir les insinuations de ses cousins ? Emma n'était qu'une employée de maison comme une autre, non ?

Non. Aucune des employées de maison qu'il avait vues depuis les trente-cinq années qu'il vivait au Nebraska n'était aussi jolie, aussi soignée, aussi fine, aussi subtile — et aucune n'avait l'air aussi mystérieux.

Les lèvres serrées, les mains agrippées au volant, Matt progressa vers les prés au pied des collines dont la crête bleutée était pour lui un enchantement permanent. Un quart d'heure plus tard, il arrêta le tracteur. Il était arrivé au bout de la piste qui menait aux pâtures. Devant eux s'étendait à perte de vue l'herbe verte, grasse, haute, qui se mouvait sous la brise comme une houle — une herbe que les Thomson amélioraient depuis des générations, afin qu'elle nourrisse parfaitement les troupeaux, et dont ils étaient fiers. Comment une femme de la ville comme Emma pourrait-elle comprendre et apprécier ce genre d'effort ?

— Que c'est beau ! s'exclama Emma, éblouie. Ces pâtures ont l'air si riches, si appétissantes... Ce n'est pas étonnant que vos vaches soient si grasses !

Elle lui sourit.

— Je peux descendre ? Je voudrais aller voir les veaux, près de leurs mères.

Elle désigna du doigt les vaches rousses, aux pis gonflés de lait, au pelage luisant sous le soleil, qui broutaient tout en surveillant leur progéniture du coin de l'œil.

— Allez-y, dit-il avec un hochement de tête. Mais faites attention où vous mettez les pieds. Il y a parfois des serpents à sonnette cachés dans l'herbe.

— Oh...

Il vit Emma pâlir sous son grand chapeau.

— On va regarder les veaux d'ici, finalement. N'est-ce pas, Mackie ?

78

Quelques instants plus tard, le tracteur emprunta la piste de gauche, celle qui menait à la croix fichée au pied de l'une des collines, qui marquait l'endroit où tout un régiment de cavalerie avait été pris dans une embuscade et massacré par une tribu d'Indiens. Puis Matt s'arrêta et se recueillit devant le petit cimetière familial situé en plein champ, dans lequel ses ancêtres, qui étaient parmi les premiers pionniers arrivés dans cette région, étaient enterrés. Des serpents à sonnette, des Indiens, des tombes, et de l'herbe à perte de vue. Voilà qui donnerait à Emma un tour d'horizon de l'endroit où elle était tombée, conclut-il intérieurement.

Quand il gara le tracteur devant la grange, il prit les devants et se précipita pour aider Emma à descendre de la remorque. Elle accepta la main qu'il lui tendait comme si elle s'apprêtait à aller danser une valse avec lui pour cavalier. Puis elle voulut sauter le plus gracieusement possible, mais se prit les pieds dans une ficelle échappée d'un ballot de foin et tomba contre lui.

— Excusez-moi, bredouilla-t-elle, en se raccrochant à son bras. J'ai trébuché...

Décidément, c'était une habitude chez elle, se dit-il, ravi d'avoir enfin l'occasion de la toucher. D'ailleurs, il faisait bien plus que la toucher. Il la serrait carrément contre lui, heureux de sentir contre sa joue la soie de sa chevelure — dans sa chute, elle avait perdu son chapeau —, contre son torse la douce pression de ses seins, et contre ses cuisses celles de la jeune femme, minces, fermes, et si terriblement féminines.

A regret, il la relâcha. Elle s'écarta d'un pas, les joues cramoisies, le regard troublé.

— C'est... à cause de mes tennis. Elles sont neuves, et elles glissent, balbutia-t-elle.

— Elles ne resteront pas neuves longtemps. Ni blanches, d'ailleurs, dit-il en la fixant.

C'étaient les pieds de la jeune femme qu'il aurait dû regarder, mais il était incapable de détacher les yeux de son visage. Gênée par l'intensité de son regard, Emma se retourna.

— Il est temps de rentrer, les filles. Il va falloir prendre un bain avant de dîner !

Immobile, aussi pétrifié que ses cousins l'avaient été quand ils avaient vu Emma tout à l'heure, Matt observa la jeune femme tandis qu'elle admirait les chats que les fillettes étaient allées chercher derrière les balles de foin. Une petite voix lui soufflait qu'il avait des millions de choses à faire, mais il n'arrivait pas à s'en souvenir. Seule comptait pour lui la vision d'Emma penchée vers un gros matou que tenait Martha. De sa main fine, la jeune femme en caressait le pelage roux avec une douceur, une sensualité, qui firent frémir Matt de la tête aux pieds.

Pourquoi l'attirait-elle autant ? C'était absurde. Bien sûr, elle était très jolie. Et charmante. Authentique, même, ce qui était rare pour une femme élevée en ville. Elle pleurait de vraies larmes, et manifestait une patience d'ange envers les enfants. Mais cela ne suffisait pas à expliquer la raison de l'attirance incroyable qu'il ressentait pour elle. Peut-être était-il temps qu'il se remarie, comme le lui suggérait tante Ruth. Dans ce cas, il se choisirait une compagne parmi les femmes des environs. Des femmes élevées dans un ranch, qui n'avaient peur ni de la solitude ni des intempéries, et qui n'avaient pas besoin d'avoir des magasins et des instituts de beauté à proximité pour pouvoir survivre.

Il avait déjà fait cette erreur une fois. En épousant la meilleure amie de Stephanie, née et élevée dans la ville d'Omaha. Elle l'avait quitté quatre ans plus tard, enceinte de huit mois, un soir d'orage, sans même lui laisser un mot d'explication. Et s'était tuée sur la route. Elle roulait trop vite et la voiture avait dérapé sur l'asphalte humide, lui avait-on dit.

Combien de nuits blanches avait-il passées à donner le biberon à Mackie, que les médecins avaient réussi à sauver grâce à une césarienne, tout en ressassant ce qu'il aurait dû dire ou ne pas dire, ce qu'il aurait dû faire ou ne pas faire, pour éviter cette tragédie ? Seul depuis quatre ans maintenant, il avait élevé ses trois fillettes avec l'aide de sa sœur Stephanie, de sa tante Ruth et d'employées de maison occasionnelles.

Il ne ferait pas deux fois la même erreur. Il ne supporterait pas d'être quitté de nouveau. Emma était trop belle pour lui. Trop élégante, même en jean. Il ignorait tout de son passé, mais il savait intuitivement qu'elle était habituée au luxe, au raffinement, aux meilleurs restaurants, aux grands couturiers — toutes choses qui n'existaient pas au ranch des Trois Collines.

Il était donc inutile qu'il continue à imaginer l'effet que lui ferait la douceur de sa peau, quand il la caresserait de ses paumes rugueuses. Ou la saveur de sa bouche, quand il la lui prendrait dans un baiser passionné...

S'il décidait vraiment de se remarier, ce serait pour donner une mère à ses enfants. Evidemment, il préférerait une femme assez attirante pour qu'il ait envie de la retrouver le soir dans son lit. Son célibat commençait à lui peser sérieusement, et sa chasteté forcée encore plus. Il n'avait pas eu de relation sexuelle depuis la mort de sa femme. Par nature, Matt n'aimait pas les passades d'une nuit. La chair pour la chair, ce n'était pas son truc. De plus, ses moindres faits et gestes étaient observés et commentés par les commères des environs, et il n'avait guère envie qu'on lui flanque une réputation de coureur de jupons. Ce serait un mauvais exemple pour ses filles.

Sa seule option était le mariage, qu'il le veuille ou non. Ruth avait déjà commencé à lui présenter des candidates. Des femmes jeunes, saines, gentilles, qui savaient tenir une maison, faire la cuisine, et qui étaient capables de comprendre que leur mari préfère acheter un nouveau tracteur plutôt que de leur offrir des vacances à Hawaii...

Mais aucune d'entre elles ne lui inspirait les fantasmes qui le hantaient la nuit, lorsqu'il songeait à Emma.

Avec un soupir, Matt se dit qu'il prendrait une douche glacée, ce soir. Une de plus...

Ils allaient réclamer leur dîner, ce soir. Et ils seraient sans doute affamés... Qu'allait-elle leur donner à manger? se demanda Emma avec angoisse. Les cheveux noués en queue-de-cheval, les manches retroussées, campée au beau milieu de la cuisine comme si elle s'apprêtait à affronter un adversaire invisible, la jeune femme regardait la grosse cuisinière en fonte en faisant la grimace. Dans deux minutes, elle allait allumer le gaz et préparer le dîner.

Quel plat allait-elle leur faire? C'était la question lancinante qu'elle se posait depuis qu'elle était rentrée de leur promenade en tracteur.

— Emma? Qu'est-ce que tu fais?

La jeune femme se tourna et aperçut Martha qui l'observait depuis le seuil de la porte.

— Hum... Je réfléchis à ce que je vais vous servir, pour le dîner.

Le visage de la fillette s'illumina.

— J'ai une idée : si on faisait de la gelée aux fruits en dessert? Tante Stephanie en fait souvent, le dimanche.

— Où habite ta tante? s'empressa de demander Emma.

Grands dieux, pourvu que ce ne soit pas trop loin! Elle pourrait la prier de lui passer ses recettes, et peut-être un tuyau ou deux pour l'aider à les réaliser.

— Elle vit à Omaha.

— Dommage, murmura la jeune femme, dont les visions de plats mirobolants s'envolèrent d'un coup.

Elle dévisagea la fillette.

— Cette gelée... Tu la fais comment?

— On mélange la poudre qu'il y a dans la boîte avec de l'eau, c'est tout.

Emma retrouva son sourire. La recette semblait assez simple.

— C'est tout, répéta-t-elle, enchantée. Allons chercher cette boîte magique...

Elles se mirent à farfouiller toutes les deux dans le placard à provisions.

— Il y en a à la fraise ! s'exclama Martha. C'est celle que je préfère.

L'enfant brandit la boîte sous le nez d'Emma, qui la reconnut aussitôt. Elle l'avait vue dans un spot publicitaire, à la télévision. La démonstration semblait facile comme tout.

Avec une intense concentration, elle suivit mot à mot les indications données sur l'emballage, tandis que Martha ne cessait de bavarder à son côté.

— Melissa et Mackie sont en train de danser dans la chambre, confia-t-elle à Emma. Elles tournent sur place comme des toupies.

Martha avait dû faire la même chose, car elle portait encore un T-shirt trop grand, un collant de laine noire et des ballerines roses.

— Tu dois avoir horriblement chaud, avec ce collant, commenta Emma.

— Je suis une danseuse, c'est normal d'avoir chaud. Je les ai vues à la télévision : elles transpirent tout le temps.

— Pas étonnant que je ne sois pas devenue ballerine, marmonna Emma qui détestait la chaleur.

Elle se plaça sous le grand ventilateur qui brassait l'air dans la cuisine, et fronça les sourcils. Maintenant qu'elle avait fait le dessert — avec l'aide de Martha —, quel plat principal allait-elle bien pouvoir préparer ? Comment allait-elle résoudre ce problème, sachant qu'il allait se poser tous les jours, deux fois par jour, pendant deux bonnes semaines ?

— Que mangez-vous le dimanche soir, d'habitude ? demanda-t-elle en prenant un air nonchalant.

— Les restes de midi, répondit aussitôt Martha.

Les restes ? Emma eut la vision des deux steaks collés sur la poitrine de tante Ruth et secoua la tête. Mieux valait les oublier.

— Il ne reste rien du déjeuner, soupira-t-elle.

Martha se campa devant Emma, les poings sur les hanches, l'œil intrigué.

— Tu ne sais vraiment pas faire la cuisine ?

— Bien sûr que si, s'empressa de protester Emma.

Elle savait faire les œufs brouillés, les sandwichs, et les pâtes. En fait, sa tâche consistait surtout à donner des ordres à la cuisinière de son père.

— Est-ce que vous aimez les pâtes ?

— Oui. Surtout les spaghettis.

Emma fonça vers le placard à provisions. Les pâtes, ce n'était pas plus difficile à faire que la gelée. Il suffisait de verser le contenu d'une boîte dans de l'eau chaude, et voilà tout.

Mais elle avait encore une heure devant elle. Le temps de préparer ses pâtes de façon vraiment originale... En sifflotant, Emma ouvrit la porte du réfrigérateur. Elle allait mitonner pour son patron un vrai plat de « pro » !

6.

— Qu'est-ce que c'est ?

Matt leva les yeux de son assiette et fixa Emma d'un air ahuri.

— Ce sont des spaghettis à la printanière, déclarat-elle avec une certaine fierté. L'une de mes spécialités, ajouta-t-elle d'un ton confidentiel, qui impliquait qu'elle en avait toute une liste à son actif.

Si le but recherché était d'impressionner son employeur, c'était loupé. Du bout de la fourchette, Matt retournait ses spaghettis comme s'il cherchait quelque chose.

— Il n'y a pas de viande ? demanda-t-il enfin.

— Non, affirma Emma, catégorique. C'est un plat... végétarien. C'est excellent pour la santé.

— Végétarien, répéta Matt.

Il poussa un soupir.

— Emma, nous vivons dans un ranch. Et dans un ranch, on mange de la viande. Rouge, de préférence.

— Je pensais que vous aimeriez les légumes, surtout pour le soir. C'est plus léger, rétorqua Emma.

Son expérience avec les steaks de midi lui avait suffi pour la journée.

Avec un second soupir, encore plus profond que le précédent, Matt piqua l'une des fines rondelles de carotte qui décoraient le plat avec des petits bouquets de brocolis, et l'avala. Il devait faire la même tête quand il ingurgitait un antibiotique, songea Emma, vexée.

— Martha m'a aidée à préparer ce plat, déclara-t-elle.

En impliquant la fillette, elle espérait attendrir le père. C'était de la manipulation pure et simple, mais elle n'en avait pas honte. Il fallait absolument que Matt la croie capable de faire la cuisine et de tenir la maison si elle souhaitait rester quinze jours de plus au ranch.

— Comment as-tu fait? demanda Matt en se tournant vers Martha, intrigué.

— J'ai trouvé les boîtes de spaghettis, annonça l'enfant. Et puis j'ai mis le couvert.

Emma grinça des dents et piqua du nez dans son assiette.

— On t'a fait une surprise pour le dessert, souffla la fillette à son père. Tu ne devineras jamais ce que c'est.

— Ça, je le crois bien volontiers, marmonna Matt avant d'avaler un brocoli.

Il y eut quelques instants de silence. Chacun tournait les spaghettis autour de sa fourchette, les avalait, puis en tournait d'autres, et les avalait... Les enfants repoussaient soigneusement les petits légumes vers le bord de leur assiette. Matt parsemait son plat de fromage râpé toutes les deux minutes, comme s'il tentait de pallier le manque de viande.

A un moment, il leva les yeux, regarda Melissa et Mackie et fronça les sourcils.

— Qu'est-ce que vous portez, toutes les deux?

— Des vêtements de danseuse, répliqua Melissa.

— Ce sont des T-shirts et des collants pour aller avec leurs ballerines neuves, intervint Emma. Je leur ai permis de venir à table habillées comme cela parce que...

— Ce sont *mes* T-shirts, gronda Matt. Vous auriez pu au moins me demander la permission de les emprunter, les enfants.

Les trois fillettes hochèrent la tête en chœur, l'air impassible, et reprirent leur chasse aux petits légumes.

Emma regarda Matt avaler ses spaghettis sans entrain.

— Vous n'aimez pas ce plat, commenta-t-elle, désolée.

86

Grands dieux, c'était sa seule et unique spécialité, et elle s'était donné un mal de chien pour la préparer. Elle avait même l'intention de récidiver au moins deux fois par semaine, en variant les légumes...

— Si, si, murmura Matt, guère convaincu.

Il glissa une rondelle de carotte entre ses lèvres, l'avala et lui sourit.

— En fait, c'est la première fois que je mange végétarien, vous comprenez...

Son sourire fit du bien à Emma. Matt souriait rarement.

— C'est un plat... très décoratif, acheva-t-il, en piquant un brocoli vert pomme.

— Dommage que Ruth ne soit pas venue. Elle doit avoir peur de moi, maintenant, dit Emma.

— Elle vient rarement dîner ici. Elle préfère se faire un bol de soupe et regarder le journal télévisé, répondit Matt, l'air rassurant.

— En fait, elle regarde « La Roue de la Fortune », déclara Martha. Nous aussi, on aime bien cette émission, ajouta-t-elle en lançant un coup d'œil plein de reproche à son père.

— Pas de télévision la veille de l'école, rétorqua Matt, très ferme.

Il se tourna vers Emma.

— Demain, c'est un jour férié, et nous sommes invités à un barbecue géant, organisé par la mairie dans le jardin municipal. Si vous souhaitez vous joindre à nous, vous serez la bienvenue.

La jeune femme avait été si occupée qu'elle en avait oublié qu'il s'agissait d'un week-end prolongé. Demain, elle aurait dû atterrir à Honolulu pour y passer quarante-huit heures avec Ken. Une lune de miel très brève, et très luxueuse, puisqu'ils devaient loger dans un palace. Un voyage de noces plus long aurait gêné Ken dans sa campagne électorale. Plus court, il aurait fait jaser les gens qui l'auraient jugé trop préoccupé par ses ambitions professionnelles et pas assez par sa vie privée.

— Merci. Mais je préfère rester au ranch.

— J'insiste, Emma. Vous avez besoin de vous détendre, puisque vous avez travaillé tout le dimanche.

Elle hésita. Matt en profita pour peaufiner ses arguments.

— La ville est à une dizaine de kilomètres. Elle est toute petite, mais on y trouve un supermarché et une école. C'est là que les enfants sont scolarisées. Si vous venez demain, vous pourrez reconnaître les lieux. Cela vous facilitera la tâche quand vous devrez conduire les filles à l'école, mardi. Et faire les courses, ajouta-t-il.

« Les courses » ? Elle le dévisagea, horrifiée, comme s'il avait dit une obscénité. N'avait-il pas remarqué qu'elle n'avait que deux bras et deux jambes, comme tout le monde ? Comment était-elle censée tenir la maison, s'occuper des enfants, faire la cuisine, et les courses par-dessus le marché ?

Dans deux minutes, il allait lui demander de changer les pneus de sa camionnette. Ou de laver le linge.

— Quand les enfants seront au lit, vous pourriez faire un tour dans l'arrière-cuisine, pour dresser la liste de ce qui manque, suggéra Matt. C'est là que se trouvent la machine à laver et le séchoir. Les modes d'emploi sont sur l'étagère au-dessus de la table de repassage, si vous en avez besoin.

Le mot « repassage » donna la chair de poule à Emma. Ce dont elle avait besoin, c'était de deux cachets d'aspirine, d'une femme de chambre et d'une cuisinière.

Et d'un téléphone, ajouta-t-elle mentalement. Ce soir, elle appellerait Paula. Elle avait vraiment besoin d'aide.

— Demain, nous partirons à midi, déclara Matt.

Et voilà... Il l'embarquait dans cette histoire de barbecue sans même tenir compte de son avis, songea Emma. Malgré ses yeux superbes et son sourire désarmant, Matt avait un petit côté macho qui commençait à l'agacer au plus haut point.

Elle prit un plaisir sadique à l'entendre murmurer, tandis qu'il terminait ses spaghettis :

— Ce serait nettement meilleur avec de la viande hachée...

— Tu ne te rends pas compte de ce qui se passe ici !

Emma tira sur le fil du téléphone pour pouvoir s'asseoir sur la chaise de bois, contre le mur de la cuisine.

— Non, chuchota-t-elle. J'ai été très occupée et je...

— Tu pourrais au moins lire les journaux, gémit Paula. Ta photo s'étale en couverture de toute la presse à scandale. Ton père s'est enfermé chez lui et refuse de répondre aux journalistes. Il a juste déclaré que tu étais malade, et qu'il priait le ciel pour que tu guérisses le plus vite possible. Les sœurs de Ken sont parties à Hawaii pour quelques jours. Je suppose qu'il leur a donné vos billets d'avion. Personne ne sait où se trouve Ken. Selon la rumeur, il serait parti à la pêche avec des amis.

— Les journalistes vont bien finir par oublier ce mariage raté, murmura Emma.

— Pas de sitôt, mon chou. Ils font le siège devant la maison de ton père, et il faudrait un tremblement de terre pour les déloger de là. Je te conseille de rester où tu es pendant un bon moment... Mais dis-moi... Où es-tu, au juste ?

— D'après mon père, je suis juste malade — ou bien très, très malade ? demanda Emma, en évitant soigneusement de répondre à la question de Paula.

Etant donné ce que venait de lui raconter son amie, il valait mieux que personne ne sache où elle se trouvait. Les journalistes n'hésiteraient pas à venir assiéger le ranch.

— Très malade. Ton père aimerait bien suggérer que tu as une dépression nerveuse, mais il ne veut pas te présenter comme quelqu'un de déséquilibré. Ce serait mauvais pour une future femme de sénateur.

Emma rit doucement.

— Si tu pouvais me voir, tu t'inquiéterais pour mon équilibre.

En jean et les pieds nus, elle regarda autour d'elle. La cuisine était rangée, les enfants étaient couchées, et Matt était reparti travailler. La nuit tombait, dehors, le chien aboyait... Il avait sans doute repéré un écureuil. Ou un serpent à sonnette.

— Dis-moi où tu es, Emilie. Je suis sûre que ton père va lancer des détectives privés à ta poursuite. Il ne pourra pas continuer à mentir très longtemps sur ta santé.

— Ne t'inquiète pas pour moi. Je suis en sécurité.

— Je peux lui dire que tu m'as appelée ?

— Surtout pas. J'essaierai de le joindre dans quelques jours.

— Il localisera ton appel. Tu ne peux pas imaginer la colère qu'il a piquée, quand il a appris que tu t'étais enfuie ! J'ai cru qu'il allait m'étrangler sur place. Quand le pasteur a annoncé que la messe de mariage était annulée, ton père avait l'air de quelqu'un à qui on vient de dire que le pays a été envahi par des extraterrestres...

— Il a fait annuler ma carte de crédit, Paula.

— C'est logique, s'il veut t'obliger à rentrer.

— Je crois plutôt qu'il tient la promesse qu'il m'a faite de me déshériter si je refusais d'épouser Ken.

— Oh non... Il ne ferait pas une chose pareille, Emilie. Il va finir par se calmer, tu verras.

La voix de Paula monta brusquement de deux tons.

— Ecoute, mon chou, je veux bien déjeuner avec toi lundi, mais je refuse de retourner chez Mario... La salle est vraiment trop bruyante.

— Fred est rentré ? chuchota Emma.

— Oui, tu as raison... Attends une seconde, veux-tu ?

Emma entendit Paula qui s'entretenait avec son mari. Puis son amie revint en ligne.

— Fred est parti prendre une douche, annonça Paula. Nous pouvons encore bavarder cinq minutes. Dis-moi, comment fais-tu pour vivre, sans carte de crédit ?

— Je travaille.

Il y eut un silence.

— Tu travailles ? répéta Paula, qui n'était pas sûre d'avoir bien compris. Toi ?

— Oui, moi. J'ai un vrai job, avec un vrai salaire.

— Mais... Comment l'as-tu déniché ?

— Je... J'étais dans un grand magasin, et...

— Ah, je vois. Ils t'ont prise comme conseillère, n'est-ce pas ? Tu es une vraie bête de mode, Emilie. N'importe quel directeur de grand magasin peut s'en rendre compte. Tu es bien payée, au moins ?

— Ça va.

Paula soupira.

— Je suis tellement désolée, pour ton mariage.

— Je sais. D'un autre côté, il n'aurait pas été heureux avec moi, une fois marié.

— Bien sûr que si ! s'exclama Paula. Tu es une femme merveilleuse, et il aurait été comme un coq en pâte... Emilie, tu es sûre que tu n'as besoin de rien ?

La jeune femme prit une inspiration.

— Non, mais je vais te laisser mon numéro de téléphone, en cas d'urgence.

Elle récita les chiffres inscrits sur le cadran du téléphone. Un appareil antédiluvien, se dit-elle, en songeant au portable dernier cri de son père.

— Ne donne ce numéro à personne, tu m'entends ? Je compte sur toi.

— D'accord. Mais dis-moi, le code local, c'est...

— Le Nebraska.

— Le Nebraska, répéta Paula d'une voix faible. Comment as-tu fait pour atterrir là-bas ?

Emma lança un coup d'œil au carrelage qu'elle avait passé près d'une heure à nettoyer et sourit.

— C'est une longue histoire... Et la chance m'a donné un petit coup de pouce.

**

L'idée était absurde. Pire, il avait commis une erreur monumentale. Jamais il n'aurait dû emmener Emma à ce barbecue. Avec elle à son côté, il n'avait plus aucune chance de passer une journée normale. Il allait devoir repousser les mâles qui s'agglutineraient autour d'elle comme des mouches attirées par du sucre, et supporter les regards furibonds des femmes de la région qui avaient des vues sur lui. Bref, s'il voulait profiter de cette sortie pour se choisir une nouvelle épouse, c'était raté, se dit Matt, en se frayant un chemin dans la foule.

— C'est une idée absurde, commenta Ruth, qui l'avait entendu penser tout haut. Tu n'aurais jamais dû inviter Emma. Les gens vont jaser.

— Pourquoi ? J'ai le droit de recruter quelqu'un pour s'occuper des enfants, non ?

En son for intérieur, il savait que la réponse était « non ». Il n'avait pas le droit de recruter une femme aussi jolie qu'Emma. Les femmes masqueraient leur jalousie en feignant d'être scandalisées, et les hommes se demanderaient comment il avait fait pour attirer Emma au ranch... En tout état de cause, les discussions iraient bon train, ce soir dans les chaumières. Chacun se demanderait qui dormait avec qui, et où, au ranch des Trois Collines.

— Tu as vraiment des idées bizarres, mon garçon, grommela Ruth.

— Lesquelles ?

— Celle de ramener chez toi une étrangère qui ne sait même pas faire cuire un œuf... Et encore moins la viande, gronda la vieille dame. Melissa m'a dit que vous avez mangé de la gelée à la fraise au petit déjeuner, ce matin.

— Ce devait être le dessert, hier soir. Mais la gelée n'avait pas eu le temps de prendre.

Matt avait failli s'étouffer en réprimant un fou rire lorsque Emma, l'air solennel, avait déposé sur la table un plat plein de... jus de fraise, et que Martha avait déclaré que c'était le dessert. Il avait remis le plat dans le réfrigérateur et ouvert une boîte de compote de pommes.

Ruth agita sa canne en direction de deux adolescents

montés en graine qui lui gênaient le passage. Les deux garçons s'écartèrent vite fait.

— Ce n'est pas une baby-sitter, c'est un mannequin. Voilà ce que les gens vont dire, Matt.

— Ça m'est égal, murmura Matt, les yeux rivés sur la silhouette d'Emma, qui marchait devant lui, avec les trois fillettes.

Assez moulant, le jean révélait une chute de reins qui en aurait affolé plus d'un. D'ailleurs, à en juger par le regard des deux adolescents qui venaient d'échapper à la canne menaçante de Ruth, il n'était pas le seul à le penser.

— Pour toi, c'est facile, poursuivit Ruth. Mais c'est à moi que les gens vont poser des questions. Qu'est-ce que je vais leur répondre?

— Tu n'as qu'à leur dire que je songe à me remarier.

Ruth s'arrêta net, la canne en suspens.

— C'est vrai?

— Hmm... Que penses-tu de Gerta Lepinsky?

— Tu ne crois pas que tu as assez de problèmes comme cela? gronda Ruth. Elle est aussi douce qu'un porc-épic et aussi maternelle qu'une branche desséchée! En fait, elle préfère son métier à la vie de famille.

— Elle a un bon métier, commenta Matt.

Il omit de dire à sa tante qu'il avait un jugement assez partial. Gerta travaillait à l'unique banque de la ville et avait autorisé le prêt sollicité par Matt pour acheter son tracteur.

— Possible. Mais n'oublie pas que tu as trois filles à élever. Et qu'un jour tu auras envie d'avoir un fils ou deux.

Ruth pointa le bout de sa canne vers l'immense planche posée sur des tréteaux qui servait de support pour le buffet. Des femmes s'affairaient tout autour, arrangeant les plats, les assiettes en carton, les verres, les bouteilles...

— Corinne Linden serait un meilleur choix, si tu veux mon avis. Elle est serviable, souriante, et nous savons qu'elle est une excellente mère.

Corinne était une jolie blonde de trente-cinq ans, veuve depuis deux ans. Elle avait deux fils. L'aîné était l'un des adolescents que Matt avait surpris en train d'admirer sans vergogne les courbes d'Emma et sa démarche chaloupée.

— Je lui parlerai, promit Matt.

Mais il ne révéla pas à sa tante ce qu'il avait l'intention de dire à Corinne.

— Il y a aussi Alice Peters, poursuivit Ruth, de plus en plus excitée par le sujet. Elle sait se tenir à sa place, fait merveilleusement la cuisine, et n'a jamais été mariée. Tu penses qu'elle est trop jeune pour toi ?

— Je n'ai que trente-cinq ans, tante Ruth. Et Alice frise la trentaine, à mon avis.

Petite, ronde, brune, Alice avait de l'énergie à revendre et une joie de vivre contagieuse. Matt la connaissait depuis des années, et l'appréciait beaucoup. Mais il savait qu'elle ne serait jamais pour lui qu'une amie. Tout comme il savait qu'il ne pourrait jamais considérer Emma comme une amie.

— Cette Emma va nous pourrir la vie, c'est aussi sûr que deux et deux font quatre, grommela Ruth, tout en faisant des moulinets avec sa canne. Si j'étais toi, je la renverrais illico à Lincoln.

Matt s'arrêta net. Il était temps de vider l'abcès.

— Et ensuite ? Tu sais très bien que je serai obligé de laisser les filles partir chez Stephanie, si je n'ai personne à la maison pour s'en occuper. C'est ce que tu souhaites, tante Ruth ?

Les yeux de la vieille dame s'emplirent de larmes.

— Bien sûr que non, Matt. J'aime tes filles, et je veux qu'elles restent au ranch, avec nous.

— Dans ce cas, tu as intérêt à être gentille avec Emma. Pour l'instant, c'est grâce à elle que les enfants sont encore ici. Si je ne l'avais pas...

— Tu pourrais te remarier, intervint Ruth.

— L'un n'empêche pas l'autre, marmonna Matt.

Il lança un coup d'œil autour de lui pour voir où se

trouvaient ses filles et leur jolie baby-sitter. Ruth donna des petits coups du bout de sa canne contre la botte de son neveu, pour attirer son attention.

— Je vais faire un effort, promit-elle à contrecœur.

— Je t'en serai reconnaissant, tante Ruth.

Matt n'était pas dupe. L'effort de sa tante serait de courte durée. Il aperçut Emma et les enfants devant le stand de beignets.

— Je vais acheter de quoi manger. Veux-tu que je te rapporte quelque chose, tante Ruth ?

Elle secoua la tête.

— Je préfère aider les femmes au buffet. Si j'entends des commérages, je pourrai mettre mon grain de sel et éviter que de vilaines rumeurs circulent sur ton compte. Les gens ne sont pas méchants, mais ils aiment cancaner...

Elle suivit le regard de Matt et vit Emma en train de parler à un jeune cow-boy.

— Si j'étais toi, j'irais faire un tour là-bas, histoire de marquer mon territoire, souffla-t-elle à son neveu.

Matt ne se le fit pas dire deux fois. Il se fraya un chemin à travers la foule et s'approcha d'Emma. La tête de la jeune femme lui arrivait à peine à l'épaule, sa taille était assez fine pour qu'il en fasse le tour avec ses deux mains, et son teint évoquait la porcelaine anglaise. A la voir si fragile, si menue au milieu de tous ces cow-boys, une vive émotion s'empara de Matt. Tout à coup, il eut envie de la protéger.

— M. Trowbridge est en train de m'expliquer ce qu'est un « runza », dit-elle en souriant.

Hal Trowbridge ôta son chapeau, révélant un front blanc qui contrastait avec le reste de son visage hâlé par le soleil.

— Je vous en prie, appelez-moi Hal, dit-il d'une voix timide.

Matt lui tendit la main.

— Bonjour, Hal. Il paraît que tu travailles au ranch des Pins, maintenant ?

— Oui. Depuis trois mois, répondit le jeune homme.

Il vit Matt prendre le coude d'Emma, et comprit aussitôt que cela signifiait : « Propriété privée. »

Il recula de deux pas, hocha la tête, et prit congé.

— Vous lui avez fait peur, dit Emma d'un ton réprobateur.

— Si vous cherchez un fiancé, Hal est trop jeune pour vous.

La jeune femme éclata de rire.

— Un fiancé ? C'est bien ce que je veux éviter à tout prix !

— C'est ce que disent toutes les femmes, marmonna Matt.

Il sortit son portefeuille de sa poche, en tira un billet.

— Cinq runzas, demanda-t-il à la femme installée derrière le comptoir.

Emma regarda avec curiosité le beignet que Matt venait de lui donner.

— Vous croyez que ça va me plaire ?

— Bien sûr que oui.

Martha inonda le sien d'un flot de ketchup.

— Tu vas adorer, Emma, affirma-t-elle.

Melissa voulut imiter son aînée et noya littéralement son runza sous la sauce tomate, qui dégoulina sur sa chemise rose pâle. Emma tenta de limiter les dégâts en épongeant la tache à l'aide d'une serviette en papier tandis que Matt récupérait sa monnaie et que Mackie profitait de l'inattention générale pour saupoudrer subrepticement son beignet de sucre. Tout allait bien dans le meilleur des mondes, songea Matt en regardant sa petite famille. A part la tache écarlate sur la chemise de Melissa, les doigts poisseux de Mackie et le fait qu'Emma venait de marcher sur le tube de moutarde que Martha venait de faire tomber du comptoir, ils avaient l'air de gens normaux, et heureux.

Il ramassa le tube de moutarde, s'empara prudemment d'une demi-douzaine de serviettes en papier et entraîna la jeune femme et les enfants vers une table libre.

— Qu'est-ce qu'il y a dedans ? demanda Emma en scrutant avec méfiance le runza qu'elle tenait en main.

— Du chou farci à la viande. Essayez, vous verrez, c'est excellent. Et si vous ne l'aimez pas, j'irai vous chercher un hamburger, ajouta Matt, amusé par la grimace de sa voisine.

Il la regarda mordre dans le beignet, puis se lécher délicatement les lèvres du bout de la langue et se maudit intérieurement. L'attirance qu'il ressentait pour la jeune femme était de plus en plus forte et le désir commençait à le tarauder de façon permanente. C'était absurde. Emma était son employée de maison, rien de plus. Autour de lui, les femmes papillonnaient, toutes souriantes, attendant qu'il veuille bien se décider à choisir l'une d'entre elles pour compagne. Des femmes habituées à la vie rude du Nebraska, et qui avaient mangé des runzas toute leur vie. Mieux : elles savaient les faire.

— Vous avez raison, c'est délicieux ! s'exclama Emma, quand elle eut avalé sa première bouchée.

Il ne put s'empêcher de rire devant son air surpris.

— Vous allez finir par vous habituer au Nebraska.

— Pourquoi pas ?

L'air mutin de la jeune femme et la lueur de défi qui brillait dans ses superbes prunelles gris-vert ne firent qu'accentuer le désir de Matt. Il se leva un peu brusquement.

— Je vais chercher à boire pour tout le monde, déclara-t-il.

Il marcha vers le stand des boissons. Tandis qu'il attendait les canettes de soda qu'il avait commandées, il bavarda avec d'autres éleveurs. Tout en discutant du prix du maïs et de la viande de bœuf, il ne cessait de lancer des coups d'œil vers la table autour de laquelle Emma et les fillettes conversaient en riant. Il vit bientôt un jeune fermier s'approcher et dire quelques mots à Emma, puis un autre... Furieux, Matt s'empara des boissons, prit congé de ses interlocuteurs en prétextant qu'il devait rejoindre sa famille, et se dirigea vers la table. Son arrivée fit décamper l'admirateur d'Emma. Furieux d'être furieux, Matt s'apprêtait à lui faire une remarque sur la façon dont elle attirait les hommes quand elle se tourna vers lui en souriant.

— Merci. C'est vraiment gentil de votre part de m'avoir invitée à ce barbecue. Je suis en train de passer une merveilleuse journée.

Il aurait voulu éviter de répondre à son sourire et de se noyer dans les eaux calmes et brillantes de ses yeux. Mais comment aurait-il pu s'en empêcher? Confus, désarmé, il rendit les armes. Au fond de lui, il savait qu'il n'irait pas demander à Corinne Linden de sortir avec lui, finalement. Ni à Alice Peters.

— Il faut montrer mon école à Emma, exigea Martha.

Plaquée contre le dossier du siège de son père, elle lui criait dans l'oreille pour couvrir le bruit du moteur de la grosse jeep.

— D'accord, mais assieds-toi sur la banquette et mets ta ceinture de sécurité, rétorqua Matt.

Satisfaite, la fillette obéit. Elle voulait faire durer cette sortie le plus longtemps possible et n'avait guère envie de rentrer à la maison. Une fois au ranch, son père irait travailler jusqu'à ce que la nuit tombe, et Emma se mettrait à préparer un plat bizarre. En plus, elle les obligerait à prendre un bain.

Melissa se pencha et hurla dans le dos de la jeune femme.

— Tu fais quoi, Emma?

La jeune femme se tourna vers elle en souriant.

— Je dessine le plan de la ville, pour repérer où se trouve votre école, et celle de Mackie. Ensuite, j'ajouterai les horaires.

— Mackie n'y va pas le mardi, précisa Matt.

— Elle va rester avec toi, Emma, dit Martha.

Dans sa petite tête brune, la fillette imaginait sa cadette en train de jouer avec Emma à habiller et déshabiller ses poupées Barbie. Ou bien en train de faire de la gelée à l'orange. C'était le parfum préféré de Mackie.

— Je dois aller chercher Melissa à midi. Ensuite, nous irons faire les courses ensemble, annonça la jeune femme.

Elle se tourna vers Martha.

— Toi, tu prends le bus scolaire. Tu reviens à 3 heures, n'est-ce pas ?

— Oui. Est-ce que tu seras à la maison ?

Emma sourit devant l'air inquiet de la fillette.

— Bien sûr.

Rassurée, Martha se cala contre le dossier de la banquette. Elle voulait vraiment qu'Emma reste au ranch et l'attende tous les jours à 3 heures. Elle ne se souvenait guère de sa mère, mais elle était sûre qu'elle aurait attendu son retour de l'école, en préparant des cookies comme la maman de Jennifer. Après le goûter, elle aurait écouté toutes les petites histoires de l'école, et l'aurait aidée à faire ses devoirs. Et puis elle l'aurait serrée dans ses bras et lui aurait dit qu'elle l'aimait, comme le font toutes les mamans du monde.

Tout à l'heure, elle avait entendu son père dire à tante Ruth qu'il allait parler à Corinne Linden et l'inviter à sortir. C'était idiot. Son père n'avait-il pas Emma, maintenant ?

Emma devait rester chez eux, au ranch. Pour toujours.

7.

— Que faites-vous ici ? Il est tard...

Emma leva les yeux de la recette qu'elle était en train de lire. Elle s'était acheté un livre de cuisine qu'elle avait remarqué sur l'un des comptoirs, à la fête. Dès qu'elle l'avait feuilleté, elle avait su qu'il avait été écrit tout exprès pour elle. Les recettes étaient celles des pionniers, les ingrédients étaient des produits de base, et le texte de chacune ne dépassait pas huit lignes. Les pionniers, qui ne possédaient ni ustensiles sophistiqués ni robots multi-usages, devaient se débrouiller avec ce qu'ils avaient sous la main. Exactement comme elle.

— J'étudie la recette des runzas, répondit-elle à Matt.

Un verre d'eau à la main, son employeur lui lança un coup d'œil amusé.

— C'est si compliqué que cela ?

Il posa son verre sur la table et s'assit en face d'elle. La maison était calme et silencieuse. Les enfants étaient couchées depuis deux bonnes heures. Après cette longue journée au grand air, elles s'étaient endormies dès que leur tête avait touché l'oreiller. Emma avait mis à profit cette soirée tranquille pour établir la liste des courses à faire le lendemain, et tenter de se familiariser avec les recettes locales.

— Pour moi, ça l'est, admit-elle. D'autant plus que vous n'aimez pas la cuisine que je sais faire. Mon plat de spaghettis végétarien, par exemple...

— Ce n'était pas si mal. Il manquait juste un peu de viande.

Emma renonça à expliquer à son employeur-éleveur de bétail que toutes les recettes végétariennes, sans exception, se cuisinaient sans viande.

— D'après ce que j'ai cru comprendre, il vous faut des steaks à chaque repas. Ou des tournedos. Ou des côtes de bœuf. Bref, quelque chose qui ait eu des sabots et des cornes de son vivant.

Il se contenta de se caler dans sa chaise et de la contempler avec un sourire béat.

Avec son visage hâlé, ses yeux sombres, brillants sous ses mèches en bataille, il était follement séduisant. Un brin de paille s'était accroché au col de son blouson, une tache de graisse ornait sa manche, et ses mains superbes, faites pour travailler, créer, caresser...

« Caresser ? » Elle tressaillit. Qu'est-ce qui lui prenait, d'avoir des idées pareilles ? Bah ! songea-t-elle pour se rassurer. C'était sûrement dû au fait qu'elle avait devant elle un magnifique spécimen d'homme des bois. Un mâle élevé au grand air, nourri aux produits naturels, et qui exerçait un métier qui lui plaisait. L'espèce était rare, voire quasi inexistante à Chicago. La preuve : c'était le premier qu'elle rencontrait. Voilà pourquoi il la fascinait.

— Pourquoi me regardez-vous ainsi ? demanda Matt.

— Excusez-moi, murmura Emma en rougissant. Je... Je réfléchissais à la liste des choses que je devrai faire demain. A commencer par le linge. Il va falloir que j'étudie le mode d'emploi de votre machine à laver.

— Oh, elles fonctionnent toutes de la même façon...

Il se pencha vers elle.

— Je tiens à vous remercier d'être venue avec nous au barbecue. Mes filles étaient ravies de vous avoir à leurs côtés.

— Je me suis bien amusée, reconnut-elle avec un sourire. Tout le monde s'est montré si gentil avec moi...

— Les hommes, surtout. A croire que tous les célibataires du Nebraska étaient prêts à vous faire la cour...

Elle secoua la tête.

— Cela ne m'intéresse pas.

Il se pencha un peu plus et la dévisagea avec intensité.

— Pourquoi, Emma?

— C'est une longue histoire, murmura-t-elle avec un soupir.

Une histoire qu'elle n'avait aucune envie de lui raconter.

— J'ai tout mon temps.

Emma referma le livre de cuisine et se leva pour aller se verser un verre d'eau.

— Je me suis fiancée, commença-t-elle, d'une voix lointaine. Mais j'ai découvert que l'homme que j'allais épouser était amoureux de quelqu'un d'autre.

— Excusez-moi, Emma. Je me suis montré indiscret et je le regrette, déclara Matt d'un ton plein de compassion.

— Ce n'est pas grave.

Elle haussa légèrement les épaules en essayant de prendre un air nonchalant. Comme si cet événement avait eu lieu il y a trois ans, au moins. Et non pas il y a tout juste trois jours.

Jamais Matt ne pourrait se douter qu'il y a trois jours elle s'apprêtait à monter à l'autel au bras de son père pour épouser un futur sénateur...

— Dans votre malheur, vous avez eu de la chance, reprit Matt d'un ton pensif. Votre fiancé vous a dit la vérité avant qu'il ne soit trop tard.

— Non. Il ne m'a rien dit du tout, c'est moi qui l'ai surpris... J'ai annulé la cérémonie et je ne l'ai jamais revu depuis.

— Vous avez eu raison.

Elle eut un sourire contraint.

— C'est ce que je crois aussi.

Il y eut un silence. Matt se leva, prit son verre pour le déposer dans l'évier.

— Je ferai le café demain matin, avant de partir, dit-il.

— A quelle heure dois-je réveiller les filles? demanda-t-elle, heureuse de changer de sujet.

— A 7 heures au plus tard.

Il hésita.

— Emma, je voudrais vous remercier d'avoir accepté ce travail. Sans vous, je ne sais pas comment je ferais pour gérer le ranch et m'occuper des filles.

Il tendit le bras pour récupérer le paquet de café dans l'un des placards au moment où Emma se penchait pour fermer le robinet de l'évier. La main de Matt effleura la poitrine de la jeune femme, qui rougit jusqu'aux oreilles.

— Pardon, murmura-t-il.

Il voulut s'écarter, mais l'évier le bloquait. Ce fut Emma qui recula, le cœur battant à se rompre. Pourquoi Matt la troublait-il autant ? C'était stupide. Peut-être était-ce cette histoire de mariage raté qui la perturbait ? Après tout, elle n'avait pas eu sa nuit de noces. Une nuit dont elle rêvait encore...

— Bonsoir, marmonna-t-elle.

Encore quelques pas, et elle se retrouverait dans sa chambre, en compagnie de ses désirs inassouvis. Si elle virait au cramoisi, son seul témoin serait son miroir.

— Emma ? Chacun de nous fait son petit déjeuner, le matin. Inutile de vous obliger à préparer quelque chose de spécial dès l'aurore !

Elle se tourna, lui lança un coup d'œil.

— Pourquoi ? Vous pensez que le chien n'aime pas les toasts brûlés ?

Il sourit.

— Les filles se demandent pourquoi il grossit, en ce moment.

— Un jour, je saurai faire la cuisine, vous verrez.

— Je n'en doute pas. Bonne nuit, Emma, ajouta-t-il d'un ton plein de douceur.

Elle hocha la tête et fila vers sa chambre. Une fois la porte fermée, elle se dirigea vers la penderie où elle avait accroché sa « robe de princesse », comme l'avait appelée Melissa. Le long vêtement blanc lui rappellerait désormais qu'elle devait se méfier des hommes. Matt Thomson cherchait une mère pour ses trois filles. Ken voulait une femme qui lui servirait d'atout dans sa campagne électorale.

Emma, elle, ne cherchait rien du tout. Elle n'avait pas besoin d'un homme. Juste d'un bon bain chaud et d'une recette facile à exécuter pour le dîner du lendemain.

Mackie était une adorable bavarde. Perchée sur le Caddie, elle ne cessait de faire des remarques et des commentaires sur les articles en rayon, tandis qu'Emma vérifiait sa liste de courses tout en négociant des virages entre les rangées de produits. Heureusement, le supermarché de Blindon était assez petit, et Emma termina ses achats au moment où la voix flûtée de Mackie commençait à lui donner le tournis. La caissière écarquilla les yeux en voyant la montagne de boîtes, bocaux et sachets en tout genre amoncelés dans le Caddie, et mit le tout sur le compte du ranch des Trois Collines.

Emma parvint à fourrer les provisions et Mackie dans le break qui servait de seconde voiture à Matt. Puis elle se dirigea vers l'école de Melissa, se trompa de rue, fit deux fois le tour de la place principale de la ville, ce qui donna le fou rire à Mackie, et finit par se garer devant la petite école. Seule devant la porte, Melissa les attendait, le regard inquiet.

Quand elle rentra au ranch, après cette matinée agitée, Emma se sentit terriblement soulagée. Il était 1 heure de l'après-midi, les filles étaient vivantes, la voiture n'avait aucune bosse, et les courses étaient faites pour la semaine.

Matt, qui rentrait dans la cour au volant de son camion, s'arrêta pour saluer la jeune femme et embrasser les enfants.

— Tout s'est bien passé ?

— Oui, dit fièrement Emma. Je ne me suis perdue qu'une fois.

Il sourit. Il souriait de plus en plus fréquemment, se dit la jeune femme. Et elle aussi.

— Comment avez-vous pu vous perdre dans une si petite ville?

Elle ouvrit le coffre.

— Je n'ai aucun sens de l'orientation.

Elle saisit deux gros sacs en papier brun.

— Attendez, je vais vous aider, proposa-t-il. Mackie, ouvre la porte, s'il te plaît.

Matt prit quatre sacs, Emma, deux, et Melissa, un. Ils pénétrèrent dans la maison en file indienne, sous le regard approbateur de la cadette.

Quand le coffre fut vidé, Matt se tourna vers Emma.

— On dirait que vous avez l'intention de garder ce job un petit moment.

— Je vais essayer, en tout cas.

— Merci, Emma...

Avant qu'il ait pu ajouter autre chose, Mackie se précipita dans ses bras pour lui faire un câlin.

— Comme vous êtes affectueux avec elle, murmura-t-elle, émue.

— C'est normal, non? Je suis son père.

Elle se détourna et fit mine de chercher un article dans l'un des sacs.

— Excusez ma remarque, elle est idiote. Mon père à moi n'était pas très démonstratif. Quand je vous vois avec Mackie, je crois bien que je l'envie.

Elle se mordit la lèvre en rougissant. L'imbécile! C'était malin... Il allait croire qu'elle avait envie de lui passer les bras autour du cou, comme l'avait fait Mackie.

— Je... Je voulais dire que...

La sonnerie du téléphone lui évita de s'empêtrer dans une explication embrouillée. Matt alla décrocher.

— Stephanie? C'est gentil d'appeler... Oui, oui, tout va bien...

— Je peux lui parler? demanda Mackie, sa petite main potelée tendue vers l'appareil.

— Dans une minute, chérie, dit Matt.

Il reprit sa conversation avec sa sœur.

— Ah... Ruth t'a appelée... Non, tu n'as pas à t'inquiéter.

Il lança un coup d'œil à Emma, qui se mit à farfouiller vite fait dans les sacs, tout en s'efforçant d'écouter la conversation.

— Non, je ne peux pas quitter le ranch avant Noël. Mais tu peux venir nous voir quand tu veux... Comment va Clay ?

Clay devait être le mari de Stephanie, se dit Emma, l'oreille aux aguets. Stephanie s'inquiétait pour les enfants et voulait savoir comment se comportait leur nouvelle baby-sitter.

— Oui, je sais, poursuivit Matt. Elle se fait du souci pour tout, mais franchement tout va bien, Steph.

Ruth s'inquiétait pour les enfants, interpréta Emma. Elle avait dû appeler sa nièce et lui faire part des expériences culinaires d'Emma. Pourvu qu'elle ne lui ait pas parlé des steaks-missiles...

— Attends, Mackie veut te parler. Je te la passe. A bientôt, sœurette.

Il tendit le combiné à la fillette qui s'en empara avec une joie manifeste. Quelques instants plus tard, Matt et Emma l'entendirent expliquer à sa tante, avec force détails, comment étaient ses nouveaux vêtements. Puis elle parla de ses ballerines roses, et de la gelée à la fraise. Avec tact, elle passa sous silence l'épisode des steaks, et finit par dire au revoir.

— Ma sœur adore planifier les fêtes, commenta Matt, une fois que sa fille eut raccroché. Elle pense déjà à Noël.

A Noël, elle serait rentrée depuis longtemps à Chicago, songea Emma. Les élections seraient terminées, son père serait engagé dans d'autres stratégies mêlant affaires et politique, et elle ferait... Que ferait-elle ? Elle n'en avait pas la moindre idée. Ce manque de projet l'angoissa, et elle s'efforça de se concentrer sur le présent.

— Votre sœur doit beaucoup aimer ses nièces.

— Oui, murmura Matt, les sourcils froncés. Peut-être un peu trop...

Au cours des jours qui suivirent, Emma s'installa dans une routine qui lui convenait parfaitement. Elle consacrait ses matinées à habiller et nourrir les enfants, les conduire à l'école, ranger la maison, et à choisir les recettes pour le dîner. L'après-midi, elle s'occupait du linge, du ménage, de la cuisine — encore et toujours —, elle jouait avec Mackie et Melissa, en attendant le retour de Martha. Puis venait l'heure sacro-sainte du goûter, et ensuite celle des devoirs. Il y avait bien une télévision dans le salon, mais l'antenne avait été emportée par une tempête quelques semaines auparavant, et les enfants semblaient s'en passer facilement. Emma écoutait parfois les nouvelles locales à la radio, quand elle conduisait les enfants à l'école. Mais elle ignorait tout ce qui se passait à l'extérieur du Nebraska.

Elle emmenait parfois les petites faire une promenade. En passant sur la piste qui menait aux collines, les oncles des fillettes agitaient leurs chapeaux et souriaient. Le vent soufflait sans répit, du matin au soir. Sous sa caresse, les herbes ondulaient en d'interminables vagues vertes et, çà et là, un tourbillon de poussière s'élevait, doré par les rayons du soleil.

Matt les rejoignait pour dîner à 6 h 30 précises. La plupart du temps, il repartait en prétextant des tâches urgentes. Emma se demandait s'il avait vraiment autant de travail, ou bien s'il préférait passer ses soirées en compagnie de ses oncles et cousins, à regarder des matchs de base-ball à la télévision.

Ruth passa trois fois au ranch, cette semaine-là. La dernière fois, c'était pour prévenir Emma qu'elle emmènerait les enfants à l'église, comme d'habitude, et que ce serait elle qui préparerait le déjeuner du dimanche, puisque c'était le jour de congé de l'employée de maison. Emma avait compris l'allusion et ne s'en était guère vexée. Elle fit la grasse matinée, emprunta la voiture de Matt et partit à l'aventure. Elle ne rentra que dans la soirée, détendue. Presque heureuse, en somme. Ruth était déjà repartie chez elle, non sans avoir laissé des restes de pain de viande en évidence sur la table, pour le dîner.

— Avez-vous déjà assisté à une vente de bétail aux enchères ? demanda Matt à Emma, le mardi suivant.

— Non, jamais.

— Je m'y rends une fois par semaine.

— Pour quoi faire ? demanda Emma, en rattrapant de justesse la bouteille de lait que Melissa avait placée trop près du bord de la table de la cuisine.

— Parce que c'est nécessaire pour mon métier. Je suis éleveur, Emma, répondit Matt d'un ton patient. Je vends et j'achète du bétail.

— C'est juste.

Emma posa un verre devant Melissa et y versa du lait. Elle sentait sur elle le regard de Matt. Il semblait suivre chacun de ses gestes avec la plus grande attention.

— Les ventes font partie de la vie d'un ranch. Il faut y avoir assisté au moins une fois, quand on fait un séjour dans la région. A mon avis, cela vous intéressera, poursuivit-il, sans la quitter des yeux.

Elle n'en était guère convaincue, mais elle ne chercha pas à l'en dissuader. L'important, c'est qu'il lui parlait, à elle et directement. Pour la première fois depuis longtemps.

— Vous y allez maintenant ?

— Oui.

Il prit son chapeau.

— Je vais voir si Ruth peut passer l'après-midi avec les enfants, déclara-t-il, sans même attendre qu'elle lui confirme son désir de l'accompagner.

108

Sur ce, il sortit de la cuisine.

— T'as de la chance, déclara Melissa en reposant son verre de lait.

Elle avait les yeux brillants, les joues roses, et une moustache crémeuse autour de la bouche. Une fois de plus, Emma la trouva adorable. En fait, elle s'était prise de passion pour les trois petites filles.

— Pourquoi?

— Parce que si tu es très sage et que tu ne bouges pas sur ta chaise, papa t'achètera un sucre d'orge pour que le retour te semble moins long.

Elle réprima un éclat de rire et hocha la tête, l'air le plus sérieux possible.

— Dans ce cas, j'ai intérêt à bien me conduire.

Le seul problème, c'est qu'elle n'avait aucune idée de la façon dont il fallait se conduire à une vente de bétail au Nebraska...

— C'est de la folie, grommela Ruth. Pourquoi diable veux-tu emmener cette jeune femme à la vente?

— Pourquoi pas? rétorqua Matt.

— Parce que les seules femmes qui viennent y assister sont les épouses des éleveurs, voilà pourquoi! Elles viennent pour aider leur mari, et elles n'ont pas du tout le genre de ton employée de maison. Pas du tout, insista la vieille dame.

Matt s'abstint de demander quel était le genre d'Emma. Ruth n'attendait que cette question pour ouvrir une polémique, c'était évident.

— Je pense que la vente l'amusera.

Ruth haussa les épaules.

— Si tu n'as pas envie d'y aller seul, Jasper ou Chet pourrait t'accompagner.

Ce fut au tour de Matt de hausser les épaules. Ni Jasper ni Chet ne dégageraient cette odeur de rose et de pomme verte qu'il humait avec délice chaque fois qu'Emma se trouvait à proximité. Ils n'avaient pas les yeux gris-vert ni la chevelure soyeuse. Et aucun des deux ne faisait chavirer son cœur vers les talons de ses bottes d'un simple battement de cils... Bon sang, il avait envie d'une présence féminine à ses côtés, et il ne voyait rien de mal à ça.

— Dis-moi, oui ou non, si tu acceptes de garder les filles, tante Ruth, mais j'ai besoin d'une réponse dans les deux minutes qui suivent, grommela-t-il.

— Est-ce qu'elle va préparer de quoi dîner, ou bien je suis censée le faire aussi ? marmonna la vieille dame, tout aussi agacée que lui.

— Emma a acheté assez de provisions pour nourrir une armée entière jusqu'à Halloween.

— Encore des surgelés bourrés de colorants artificiels, maugréa Ruth.

Matt baissa les yeux vers sa tante et fronça les sourcils.

— Dis-moi, tante Ruth... Pourquoi détestes-tu Emma ? Que lui reproches-tu, au juste ?

Les yeux de la vieille dame s'embuèrent.

— Je t'aime et je ne veux pas te voir souffrir, Matt. Tu as déjà eu une sale expérience avec une femme de la ville, et j'ai peur que cela recommence. En fait, que sais-tu d'Emma ? Rien du tout... Elle a peut-être un enfant, ou un mari... Ou un casier judiciaire bien rempli...

— Je ne le pense pas, tante Ruth.

C'était surtout le mari qui l'ennuyait le plus, dans l'histoire.

— Elle m'a dit qu'elle avait failli se marier. Failli seulement.

L'œil de la vieille dame s'alluma aussitôt.

— Est-ce qu'elle t'a expliqué pourquoi elle ne l'avait pas fait ?

— Non.

Il préférait mentir plutôt que de trahir les confidences d'Emma. La vie privée de la jeune femme était le sujet préféré de sa tante.

— L'important, c'est qu'elle soit là pour nous donner un coup de main, ajouta-t-il.

— Stephanie va piquer une crise, quand elle la verra.

Matt refusa de se laisser entraîner sur un terrain aussi glissant que la réaction de sa sœur à l'égard d'Emma.

— Alors, tante Ruth ? Tu peux passer l'après-midi auprès des filles, oui ou non ?

La vieille dame poussa un soupir long, presque déchirant, dont elle avait le secret.

— Je vais prendre mon ouvrage. Je suis en train de tricoter une couverture pour Bobby. L'ancienne ne vaut plus rien, tu sais.

Oui, il savait. Les couvertures que Ruth faisait au crochet étaient fort prisées de ses cousins. Ces hommes forts, rudes, taciturnes, se transformaient en gamins quand il s'agissait de choisir la couleur, l'épaisseur, la dimension de leur future couverture. Ils chérissaient d'autant plus ce cadeau qu'ils savaient qu'il avait été créé exprès pour eux, et que Ruth y avait consacré de longues heures de travail.

Ruth pouvait être une fidèle et merveilleuse amie... et une formidable ennemie. Matt espérait qu'elle allait cesser de prendre en grippe la pauvre Emma.

La vieille dame s'éclipsa dans sa chambre et en revint bientôt avec un sac en plastique bourré de laine bleu indigo.

— Voilà, je suis prête, annonça-t-elle.

Elle hésita, leva les yeux vers son neveu et prit un air grave.

— Je voudrais que tu me promettes quelque chose, Matt.

— Tout ce que tu veux, dit-il avec douceur.

Il lui prit le sac des mains et lui tendit sa canne.

— Promets-moi de ne pas tomber amoureux d'Emma.

— Ça, c'est facile, affirma-t-il avec un sourire. Je te le promets, tante Ruth.

Il était sincère. Il n'avait guère l'intention de tomber

amoureux de qui que ce soit. Dans ce domaine, il avait déjà donné, et avait fort peu reçu. Une fois suffisait, merci.

En revanche, pourquoi se priverait-il de la compagnie d'une jolie jeune femme, que le ciel lui avait envoyée tout exprès pour l'aider à s'occuper des enfants?

— Bon, puisque j'ai ta parole, allons-y! s'exclama Ruth, en lançant sa canne en avant. L'amour n'apporte que des problèmes, et la vie est suffisamment compliquée comme cela...

Sa voix avait des accents guerriers, et sa démarche était un brin militaire. Matt suivit, en souriant discrètement. Il avait juré de ne pas tomber amoureux. Mais peut-être l'était-il déjà un peu? Dans ce cas, la promesse qu'il avait faite à sa tante était caduque. Quant aux complications que redoutait sa tante, il était disposé à en affronter quelques-unes s'il pouvait y gagner une partenaire prête à le réchauffer dans son lit, la nuit.

— Cette fois, ne bougez pas!

Matt vit Emma croiser les mains et regarder fixement devant elle.

— D'accord, murmura-t-elle entre ses lèvres à peine entrouvertes.

A une autre occasion, il aurait ri. Mais là, il demeurait on ne peut plus sérieux. Dix minutes plus tôt, il avait failli acheter une truie et ses dix petits parce que la jeune femme s'était gratté le nez au moment de l'adjudication. Il aimait bien le jambon et le lard, mais son congélateur en était plein pour l'année.

Maintenant, il s'agissait d'un lot de trois taureaux.

— Vendu! s'exclama le commissaire, en abaissant son marteau.

Matt vit sans regret les taureaux disparaître de la piste couverte de sable.

— Je peux respirer? souffla Emma.

112

— Allez-y.

Elle décroisa les mains et se laissa aller contre le dossier de sa chaise en métal avec un soulagement évident.

— Pourquoi venez-vous ici, au fond ? Vous n'avez pas suffisamment de bétail ?

— J'achète et je vends en fonction de la saison et des cours de la viande. Aujourd'hui, j'espère trouver deux ou trois génisses... Et à la prochaine vente, je pense que j'essaierai de me débarrasser d'une dizaine de veaux que je n'ai guère l'intention de nourrir cet hiver, expliqua Matt, tout en sirotant un reste de café tiède.

Emma hocha la tête. Une fois de plus, son compagnon se demanda pourquoi une si jolie jeune femme se trouvait quasiment seule au monde, au fin fond d'une région agricole alors qu'à l'évidence elle ne connaissait que la ville.

— Qui êtes-vous ? murmura-t-il, incapable de retenir plus longtemps la question qui lui brûlait les lèvres. Et pourquoi êtes-vous ici ?

D'un geste brusque, elle écrasa le gobelet en carton vide entre ses mains.

— Si je suis ici, c'est parce que j'ai besoin de travailler. Et que vous êtes le seul à m'avoir offert un job. Ma réponse vous convient ?

Il hésita.

— J'ai l'impression que je vais devoir m'en contenter.

— Exactement, dit-elle en tournant vers lui ses grands yeux si clairs... Et si tristes.

Il poussa un soupir frustré, puis se pencha vers elle.

— Ecoutez, je ne veux pas — mais vraiment pas du tout — ces deux vaches laitières. Soyez gentille, ne bougez pas jusqu'à ce qu'elles soient adjugées.

— D'accord. Ne vous inquiétez pas. Je sais me faire oublier.

Il se détourna, les mâchoires crispées. Comment pourrait-il oublier, une fraction de seconde, qu'Emma se trouvait à quelques centimètres de lui ?

Emma croyait avoir tout prévu, mais tante Ruth n'en avait fait qu'à sa tête. Refusant de suivre les indications laissées par la jeune femme en évidence sur la table de la cuisine, elle avait boudé les petites tartes au poulet qui se trouvaient dans le congélateur et avait préparé son plat favori : un pain de viande. Bien sec et sans sauce, comme d'habitude.

La jeune femme s'abstint de tout commentaire. Elle mastiqua de bonne grâce sa bouchée de pain de viande en songeant que Ruth, malgré son âge et son arthrite, avait accepté de garder les fillettes et de préparer le dîner pour qu'elle puisse accompagner Matt à une vente aux enchères, histoire de se détendre un peu. Mais comment Emma aurait-elle pu se détendre, à proximité de Matt ? Sa présence si virile, son regard sombre, son sourire captivant l'avaient mise sur les nerfs tout l'après-midi. Chaque fois que leurs épaules, leurs doigts s'étaient frôlés, elle avait reçu un électrochoc.

— Est-ce que papa t'a acheté un sucre d'orge, Emma ? demanda Melissa.

— Non.

Elle sourit à l'enfant.

— Je crois que je ne me suis pas tenue assez tranquille sur ma chaise. Mais je ferai mieux la prochaine fois.

— La prochaine fois ? répéta Ruth d'un ton narquois.

Emma ignora la remarque et se tourna vers Martha.

— Comment s'est passée ta journée à l'école ?

— Jennifer adore mon nouveau sweat-shirt, déclara l'enfant, très fière. Et j'ai fait une dictée. Tu veux la voir ?

— Tu me la montreras après le dîner, d'accord ?

— Oui. Tu sais, j'ai une dent qui va tomber.

— Oh... Bravo, murmura Emma, décontenancée.

Elle ignorait ce qu'il fallait dire dans ce cas. Elle n'avait jamais annoncé ce genre d'événement à son père.

— Tu ne veux pas savoir laquelle ? demanda Martha, dépitée.

— Laquelle ?

— Celle du bas. Je suis sûre qu'elle va tomber ce soir, quand je me brosserai les dents. Je la mettrai sous mon oreiller. Pour la petite souris, ajouta-t-elle en se tournant vers son père.

— Pour la petite souris, répéta Matt en hochant la tête.

Il attrapa la bouteille de ketchup et versa une généreuse rasade de sauce sur sa tranche de pain de viande.

— Elle bouge beaucoup, insista Martha. Tu veux la voir ?

— Nous sommes à table, intervint Emma. Ton père la verra après le dîner.

— Toi aussi ?

— Bien sûr.

La jeune femme se tourna vers Mackie.

— Termine ton riz, lui souffla-t-elle. Merci d'avoir fait ce délicieux dîner, tante Ruth, dit-elle à voix plus haute, en adressant à la vieille dame son plus charmant sourire.

— Je savais que vous reviendriez trop tard pour le faire vous-même. Et si Matt avait acheté des bêtes, vous ne seriez pas rentrés avant la nuit...

Ruth lança un coup d'œil à Martha, qui glissait subrepticement un doigt dans sa bouche pour vérifier l'état de sa dent.

— Mange un morceau de pain, tu verras... Ça marche très bien.

— Pas la peine. Je vais finir mon pain de viande, et comme il est dur je...

— Qui veut encore du riz ? intervint Emma, pour éviter que Martha ne dise des choses désagréables à tante Ruth.

— Vous avez acheté des tonnes de provisions, observa la vieille dame.

— C'est vrai. J'ai envie d'essayer de nouvelles recettes, voyez-vous.

— Pourquoi ? La nourriture, c'est comme du carburant. Il suffit d'en mettre dans le corps pour qu'il fonctionne. Que ce soit chaud ou froid, sucré ou salé, n'a aucune importance.

— Mais nous ne sommes pas des moteurs, et on peut avoir envie de changer de plat de temps en temps, tante Ruth, plaida Emma. Demain, je crois que je vais essayer de faire des runzas.

— Que le ciel nous vienne en aide..., marmonna la vieille dame, en levant les yeux au plafond.

— Ne vous inquiétez pas, tante Ruth, dit Emma d'une voix suave. Je vous promets de ne pas vous les lancer à la figure.

Matt rit doucement.

— Si tante Ruth se montre désagréable, vous aurez peut-être envie de trahir votre promesse, Emma.

A la surprise de la jeune femme, Ruth rit à son tour.

— Voyons, Matt... Tout le monde sait que je suis douce comme un agneau.

Matt secoua la tête.

— Mieux vaut changer de sujet... Passe-moi le riz, s'il te plaît. Avec du beurre et de la crème, il est délicieux.

Entre deux bouchées, Matt évoqua le prix de la viande de bœuf. Melissa renversa son verre de lait, qu'elle avait posé, comme toujours, tout au bord de la table. Emma se précipita sur la serpillière, tandis que Martha en profitait pour faire voir à tout le monde à quel point sa dent bougeait. Et quand vint le moment de débarrasser, tante Ruth s'écarta prudemment de la table...

Tous ces petits événements mis bout à bout constituaient une soirée familiale typique, se dit Emma en rinçant la serpillière dans l'évier. Une famille qui semblait l'avoir adoptée, et dont elle se sentait désormais un membre à part entière.

8.

— Il va falloir que vous m'aidiez, Emma.

Matt extirpa de sa poche une poignée de pièces brillantes, qu'il posa sur la table.

— Combien vaut une dent, à votre avis ?

Emma leva le nez du livre de recettes dans lequel elle s'était plongée après avoir nettoyé la cuisine. Les livres de recettes semblaient la fasciner, songea Matt avec étonnement. Il ne comprenait pas pourquoi elle se donnait tant de mal pour préparer de nouveaux plats. Le congélateur était bourré de steaks hachés et il adorait les hamburgers...

— Je n'en sais rien. Vous n'avez qu'à lui donner toute votre petite monnaie, je suppose que cela suffira.

Matt hocha la tête, compta les pièces posées sur la table, et annonça :

— Quatre-vingt-douze cents...

— C'est parfait, affirma Emma.

— Tout le monde dort, là-haut ?

— Oui. Mackie était si excitée à l'idée de rentrer en maternelle demain matin qu'elle a eu un peu de mal à s'endormir.

— Les filles vous adorent, commenta Matt.

Il suffisait de les voir rechercher l'attention de la jeune femme, et d'intercepter les regards éperdus d'admiration qu'elles lui lançaient, pour comprendre qu'elles considéraient Emma comme leur mère adoptive. Une situation

117

qui rendait Matt perplexe. Il espérait de tout son cœur que la jeune femme resterait avec eux le plus longtemps possible. Pour les filles. Et pour lui, ajouta une petite voix intérieure.

Pour l'instant, il fallait jouer à la « petite souris ». Sinon, Martha risquait d'être fort déçue, en se réveillant demain matin.

— Vous croyez? dit Emma, un sourire radieux aux lèvres. Je n'ai pourtant pas l'habitude des enfants. J'étais fille unique, vous comprenez.

Ça, il l'avait deviné depuis longtemps, songea Matt en la dévisageant. Et elle n'avait pas dû avoir beaucoup d'amis.

— Dites-moi, qui faisait la petite souris, chez vous? Votre mère ou bien votre père?

— Personne. J'étais pensionnaire.

Le cœur de Matt se serra. Voilà pourquoi elle semblait si seule, même au milieu d'une foule...

Elle ferma son livre de recettes d'un geste sec et se leva, comme si elle regrettait déjà d'en avoir trop dit.

— Vous vouliez que je vous aide, je crois.

— Oui. Allons dans la chambre de Martha.

— Et si elle se réveille?

— Je lui dirai que je suis venu voir si elle n'avait besoin de rien. Et j'espère qu'elle ne se souviendra pas de m'avoir vu quand elle se réveillera demain matin.

— D'accord.

Ils se dirigèrent vers l'escalier qui menait aux chambres.

— Vous avez déjà fait cela? chuchota-t-elle derrière lui.

— Non. C'est la première fois.

C'était aussi la première fois qu'il montait l'escalier en compagnie d'une femme depuis la mort de Patty, se dit-il. Les autres baby-sitters ou employées de maison ne lui avaient jamais fait l'effet qu'Emma lui faisait. Auprès d'elle, il avait l'impression de marcher sur des œufs. Elle le décontenançait complètement.

Très doucement, il tourna la clenche et entrebâilla la porte de la chambre d'enfant.

— Venez, Emma.

— Que voulez-vous que je fasse, exactement ?

Le souffle tiède de la jeune femme lui caressa la nuque. Il frémit.

— Aidez-moi à trouver la dent sous l'oreiller. Vos mains sont plus petites et plus fines que les miennes, répondit-il à voix basse.

Ils s'avancèrent sur la pointe des pieds vers le lit de Martha. En passant, ils aperçurent sur le lit voisin la silhouette de Melissa étalée à plat ventre sous sa couverture, le visage dissimulé par ses longues mèches brunes. Elle avait dû s'endormir à la seconde même où sa tête avait touché l'oreiller.

— Par ici, chuchota Matt.

Debout au chevet de Martha qui dormait sur le côté, en chien de fusil, il souleva délicatement un coin de la taie et fit signe à Emma de glisser sa main dessous.

La jeune femme s'exécuta. Elle faufila sa main le plus doucement possible, et chercha à tâtons la petite dent. Martha gémit dans son sommeil, sans toutefois changer de position. Emma finit par retirer une feuille de papier pliée en quatre, qu'elle tendit à Matt. En échange, celui-ci lui remit des pièces de monnaie, qu'Emma disposa sous l'oreiller. Ils sortirent de la chambre en catimini, l'air de deux conspirateurs qui viennent d'accomplir une mission secrète.

Une fois la porte refermée, Matt déplia la feuille. A l'intérieur se trouvait la petite dent de lait, ainsi qu'un message, qu'il lut à voix basse.

« Chère Petite Souris. Merci de venir chez moi pour prendre ma dent. Gardez-la bien. Avec mes amitiés. Martha. »

— C'est mignon, murmura Emma, attendrie.

— Martha adore écrire. Cette lettre-là, je vais la garder, décida Matt en la fourrant dans la poche arrière de son jean.

— Vous croyez que la petite souris doit lui répondre ?

Il hésita, perplexe.

— Non, finit-il par dire. C'est trop risqué.

— Vous avez raison. Bien, je vais me coucher, déclara-t-elle. Bonne nuit, Matt.

Le palier était étroit et il était si près d'elle qu'il la touchait presque. La lueur taquine qui paraissait couver en permanence dans les prunelles gris-vert d'Emma semblait le mettre au défi. Sa bouche pleine, rose, brillante, le tentait comme un fruit exotique, gorgé de soleil, dont la seule vue vous donne envie de mordre dedans. Et il avait à la mémoire la vision de la main fine d'Emma qui se faufilait sous l'oreiller — tout comme elle aurait pu se glisser sous sa chemise, douce, légère, câline...

— Si vous n'avez jamais cru à la petite souris, vous avez peut-être cru au Père Noël ? demanda-t-il, incapable de la laisser partir.

Elle secoua la tête. Il baissa la sienne, inexorablement attiré par sa peau satinée, ses lèvres provocantes.

— J'espérais qu'il existait vraiment. Mais ma gouvernante m'a dit que c'était juste un conte de fées.

Matt se pencha, effleura la bouche d'Emma de la sienne et se redressa. Un baiser qui n'en était même pas un, tant il était léger et bref. Une fraction de seconde, les yeux d'Emma s'écarquillèrent dans la pénombre, comme si elle se demandait si elle n'avait pas rêvé.

— Il faut croire aux contes de fées, déclara Matt, reprenant la conversation. Que l'on soit enfant ou adulte.

— Je n'y croirai jamais.

— A cause de votre fiancé, dit-il doucement.

Grands dieux, pensa-t-il, ce type devait être un imbécile, ou un demeuré mental... Comment avait-il pu résister aux charmes de la jeune femme ? Lui, en tout cas, il ne commettrait pas une erreur aussi grossière. Décidé cette fois à goûter un peu plus aux lèvres délicieuses de la jeune femme, il les lui prit avec ardeur.

Elle répondit à son baiser avec une fougue qui le surprit et l'enchanta. Il allait poser la main sur sa gorge ronde quand elle mit fin à cet échange passionné.

— Non.

Le mot claqua dans le silence. Puis elle tourna les talons, descendit l'escalier et se dirigea vers sa chambre, dont il entendit la porte se refermer avec force. Seul sur le palier, abasourdi par la puissance du désir qu'il avait éprouvé et la brusque volte-face d'Emma, Matt se sentit plus stupide qu'il ne l'avait jamais été. Qu'est-ce qui l'avait pris? Il s'était jeté sur son employée de maison comme un affamé sur un plat appétissant, et il l'avait affolée. Après tout, Emma ne lui avait jamais montré autre chose que de la courtoisie, et peut-être un peu d'amitié. Rien de plus.

Abominablement frustré, et furieux contre lui-même, Matt se passa la main dans les cheveux — geste qu'il faisait quand il se sentait désemparé. Comment avait-il pu songer une seule seconde que la belle Emma s'intéresserait à un veuf, encombré de trois petites filles et d'une vieille tante grincheuse, et vivant dans une région aussi isolée?

A partir de maintenant, il se tiendrait loin d'elle, très loin. Le plus loin possible. Et il se souviendrait qu'Emma n'était que de passage au ranch. Pour éviter de fantasmer à son propos, la solution était simple : il allait sortir avec une autre femme. Et l'épouser, si affinités. Quant aux grands yeux gris-vert d'Emma, à sa chevelure soyeuse et à son odeur de rose et de pomme verte, eh bien... il finirait par les oublier, et ses filles aussi.

Les mains dans les poches, il se dirigea vers sa chambre. Malgré ses bonnes résolutions, la nuit risquait d'être longue et blanche, avec quelques douches froides en prime.

Il lui fallait quitter le ranch au plus tôt. C'était un baiser qui avait causé l'annulation de son mariage avec Ken, c'en était un autre qui provoquerait l'annulation de son contrat avec Matt. A croire que, pour mener une vie simple et heureuse, elle avait intérêt à n'embrasser personne !

Ainsi, c'était décidé, elle allait partir. Elle ne resterait pas les deux mois exigés par Matt, ni même les deux semaines de sa période d'essai. Elle ne resterait pas un jour de plus à rêver au baiser de Matt, et à attendre — ou plutôt à espérer — qu'il renouvellerait cette merveilleuse expérience...

Etait-ce seulement onze jours auparavant qu'elle s'apprêtait à épouser Ken ? Comment avait-elle pu envisager de passer toute sa vie avec quelqu'un pour lequel elle n'éprouvait aucune passion ? Bien sûr, elle avait de l'amitié pour lui, de la tendresse même. Elle aurait partagé ses intérêts, et accepté de faire des compromis...

Non, elle n'aurait rien accepté du tout, songea-t-elle. La preuve ? Elle avait annulé son mariage en le voyant embrasser quelqu'un d'autre. Non par jalousie, mais parce qu'elle avait envie d'être aimée d'un amour exclusif, fougueux... Ardent comme le baiser que lui avait donné Matt.

Zut ! Voilà qu'elle pensait de nouveau à son trop séduisant employeur... Elle appréciait son ranch, elle aimait ses enfants, elle adorait ses baisers. Depuis quelques jours, elle se surprenait même à rêver de quelque chose de plus audacieux, de plus intime, qu'un baiser.

Conclusion : il valait mieux qu'elle s'en aille. Avec un soupir, elle repoussa ses couvertures et se leva. Quelques instants plus tard, elle comptait à la lueur d'un rayon de lune les pièces et les billets qui lui restaient, et qu'elle avait extirpés de son sac. Soixante-dix-huit dollars, plus ce que Matt lui devait pour une semaine de travail. Cette somme lui permettrait de s'offrir un voyage en car jusqu'à une ville dotée d'un aéroport. Là, elle appellerait Paula et lui demanderait de lui envoyer de l'argent... Pourquoi diable avait-elle accepté de faire compte commun avec son père? Avait-elle été assez naïve pour ne pas se rendre compte qu'ainsi il la contrôlait comme si elle était encore une gamine! Son père et Ken étaient les deux hommes de sa vie, elle les aimait et leur avait fait confiance. Ils l'avaient trahie tous les deux.

Songeuse, Emma rangea l'argent dans son sac, qu'elle replaça dans le placard. Puis elle se recoucha, le cœur gros mais l'esprit clair. Désormais, elle prendrait ses décisions elle-même, et n'accepterait d'être contrôlée par personne. In-dé-pen-dan-te... Voilà ce qu'elle était devenue. In-dé-pen-dan-te... Elle s'assoupit en répétant ces syllabes magiques.

Puisque Emma avait décidé de quitter le ranch, il fallait qu'elle en informe son employeur. Hélas, elle eut beau l'attendre le lendemain, le chercher, le guetter, ce fut peine perdue. Il ne se montra pas de la journée. A croire qu'il était l'homme invisible du Nebraska. Les seules traces de sa présence furent sa tasse vide dans l'évier, et le café noir qu'il laissait au chaud pour elle, après en avoir avalé un bon demi-litre.

Emma reporta toute son énergie sur les enfants. S'occuper des trois fillettes était un vrai plaisir. Faire l'expérience de nouvelles recettes en était un autre, mais elle avait du mal à le partager avec la famille Thomson, qui ne se départait pas d'un certain conservatisme en matière culinaire... Enfin, outre les repas qu'elle avait l'intention de congeler pour faciliter les choses pour Matt, elle devait encore faire le ménage et quelques lessives.

Peut-être lui faudrait-il retarder son départ d'un jour ou deux...

— On va danser?

La petite voix de Mackie tira Emma de ses réflexions.

— Quand tes sœurs seront revenues de l'école, répondit-elle, tandis que l'enfant posait ses ballerines roses sur l'une des chaises de la cuisine.

Jeudi... Elle partirait jeudi, se promit Emma.

Mais ce jeudi-là, Mackie attrapa un gros rhume qui se transforma en otite le vendredi. Le samedi, Emma emmena l'enfant chez le médecin, et en revint avec un tube de comprimés, une bouteille de sirop et un flacon d'antibiotique.

Mackie avala un comprimé, accepta une cuillerée de sirop mais refusa énergiquement d'ouvrir la bouche quand elle aperçut le liquide rosâtre, épais, à la limite du plâtreux, qu'Emma fit couler du flacon d'antibiotique avec l'intention de le lui faire avaler. Affolée par la fièvre qui montait et le regard trop brillant de l'enfant, la jeune femme décida de faire appel à son père. Matt l'avait évitée depuis trois jours, n'apparaissant que quelques instants au moment du dîner. Il embrassait ses filles, attrapait un sandwich et filait dehors en déclarant qu'il avait un travail à terminer. A croire qu'Emma et toute la maisonnée avaient attrapé la peste bubonique...

Déterminée à lui faire assumer ses responsabilités, Emma laissa Mackie à la garde de Martha, prit Melissa par la main, traversa la cour et se dirigea d'un pas décidé vers un ouvrier occupé à transporter sous un appentis des ballots de foin empilés dans une remorque.

— Savez-vous où se trouve Matt ? demanda-t-elle, très ferme.

L'homme ôta son chapeau, se gratta le sommet du crâne, plissa le front, et finit par répondre.

— La dernière fois que je l'ai vu, il était dans la grange, à côté...

Emma hocha la tête, le remercia d'un sourire, et fonça au pas de charge vers la grange, Melissa trottinant derrière elle. Effectivement, Matt s'y trouvait.

— Mackie a une otite, lui annonça Emma, sans autre préambule.

Il leva la tête du moteur du tracteur qu'il était en train de graisser.

— Je l'ai emmenée chez le médecin. Il lui a donné des médicaments à prendre, mais elle refuse d'avaler l'antibiotique.

Melissa s'approcha de son père, lui tira la manche.

— C'est rose... Rose comme du chewing-gum, affirma-t-elle de sa voix douce.

Matt lui sourit, puis posa les yeux sur Emma.

— Mackie déteste les médicaments, admit-il.

— Mais vous avez sûrement réussi à lui en faire avaler. Dites-moi comment vous vous y êtes pris... Ou bien allez-les-lui donner vous-même, si vous avez le temps, ajouta-t-elle.

Immobile à quelques pas de lui, elle s'efforçait de se montrer froide et distante. Après l'avoir embrassée au début de la semaine, Matt avait passé son temps à l'éviter. Voilà qui n'était guère réconfortant pour son ego... Un ego déjà mis à mal par la trahison de son fiancé. Deux fois, Emma avait jeté pêle-mêle ses affaires dans un sac en plastique, fourré de l'argent dans sa poche, et décidé de partir dans l'heure... Deux fois, elle avait renoncé. Pour ne pas laisser les fillettes toutes seules, s'était-elle dit. Mais au fond de son cœur, elle savait que c'était Matt qu'elle n'avait pas envie de laisser derrière elle.

— Je viens tout de suite, répondit Matt, en lui lançant un regard perçant.

Il saisit un torchon et s'essuya posément les mains.

— Il vous suffisait de me le demander, ajouta-t-il, les yeux toujours fixés sur Emma.

— Pour cela, il aurait fallu que je vous voie, rétorqua-t-elle, presque cinglante. Vous ne venez presque jamais au ranch.

Il reposa le torchon, s'approcha d'un pas.

— Excusez-moi, murmura-t-il. Je pensais que c'était ce que vous souhaitiez.

Refusant de se laisser attendrir par sa voix de tigre timide, Emma pivota sur ses talons et sortit de la grange. Derrière elle, les bottes de Matt résonnèrent sur le sol dur.

La menotte glissée dans la large paume de son père, enchantée de l'avoir pour elle toute seule, Melissa bavarda comme une pie pendant tout le trajet. Elle le mit au courant des dernières nouvelles de l'école, lui raconta qu'elle avait réussi à faire de la gelée à la framboise toute seule — ou presque — et l'avait donnée à manger à Mackie pour lui faire oublier son otite.

— Formidable, commentait Matt, dès que sa fille faisait une pause pour reprendre son souffle.

Emma était prête à parier que si Melissa lui avait raconté qu'elle avait brûlé la chemise à carreaux préférée de son père en essayant de la repasser, il aurait hoché la tête et répété « Formidable »...

Matt se montra beaucoup moins distrait dès qu'il franchit la porte de la chambre de Mackie. Il prit l'enfant sur ses genoux, lui murmura quelques phrases à l'oreille qu'il ponctua d'un clin d'œil et, hop! fit avaler à Mackie une cuillerée du fameux liquide rose et pâteux qu'elle refusait depuis des heures.

Après avoir recouché l'enfant, Emma se précipita derrière Matt avant que ce dernier ne disparaisse de nouveau pour Dieu sait combien de temps.

— Comment avez-vous réussi? demanda-t-elle en le rejoignant dans la cuisine.

Une tasse de café à la main, Matt prit place devant la longue table de bois ciré.

— Il suffit de lui promettre la bonne récompense... Une glace au chocolat pour chaque jour où elle prend son médicament.

— J'aurais dû m'en douter! s'exclama la jeune femme.

Elle vida le reste de la cafetière dans sa tasse, et s'assit près de Matt. Un peu trop près peut-être, mais qu'importe... Dans deux ou trois jours, elle aurait quitté le ranch, et Matt ne serait plus qu'un souvenir qui deviendrait de plus en plus flou avec le temps...

Il avala une gorgée de café, posa sa tasse et dévisagea Emma avec insistance.

— Que se passe-t-il? demanda-t-il enfin. Vous semblez contrariée.

— Où sont Martha et Melissa?

— Elles sont allées voir tante Ruth.

C'était donc le moment tant attendu. Elle était seule avec Matt et allait pouvoir lui annoncer son départ.

— Cela fait deux semaines que je suis ici, commença-t-elle.

— Je sais.

— J'ai fini ma période d'essai...

— ... Et alors?

— Ça n'a pas marché.

Il la regarda longuement.

— C'est à cause de ce qui s'est passé entre nous l'autre soir, n'est-ce pas?

Elle hésita. Elle n'avait guère envie de parler de cet... incident.

— Il faut que je mène ma vie... Oui, il est temps que je reprenne ma vie en main.

— Je ne comprends rien à ce charabia. Qu'est-ce que cela veut dire?

— Que je dois m'en aller.

— Je vois.

Il se leva et versa le fond de sa tasse dans l'évier. Puis il se tourna vers elle.

— Je vous ai promis de ne plus vous embrasser, Emma.

— Mais ce n'est pas du tout le problème, et...

Il tendit la main et lui prit le menton entre deux doigts.

— Si, justement. C'est le seul et unique problème. Vous m'en voulez depuis l'autre soir.

— Je dois...

— Emma, je vous en prie, cessez de dire « il faut » et « je dois » à tout bout de champ. Dites-moi plutôt ce que vous voulez vraiment.

Sans la lâcher, il la dévisagea. Son regard sombre semblait la sonder, la provoquer, la défier. Il s'était penché, et les lèvres de la jeune femme n'étaient plus qu'à quelques centimètres des siennes.

— Je veux partir, dit-elle d'une voix faible.

— Vous êtes libre, chuchota-t-il, avant de lui prendre la bouche.

Elle entrouvrit aussitôt les lèvres, sans hésitation aucune, et le feu de la passion les embrasa tous les deux. Le corps vibrant de désir, Matt enlaça la jeune femme et la plaqua contre lui. La chaleur de ce corps tant convoité, la douceur de ces courbes affolantes, le parfum que dégageait sa chevelure soyeuse faillirent avoir raison du peu de contrôle que Matt possédait encore sur sa libido. Grands dieux, comme il la désirait !

De son côté, Emma tremblait et frémissait sous l'assaut d'un tourbillon de sensations qu'elle n'avait encore jamais ressenties. D'instinct, elle se pressait contre lui, se cambrait, cherchait à approfondir, à prolonger leur baiser... Au moment où elle sentit ses jambes flageoler et son corps se liquéfier, Matt s'arracha à ses lèvres et se redressa.

— Pardonnez-moi. Je sais que j'ai eu tort. J'avais promis de ne plus vous embrasser, mais j'ai craqué... J'en avais tellement envie !

— Moi aussi, avoua-t-elle.

Etait-ce bien la sienne, cette voix rauque, légèrement essoufflée ? Il lui semblait que c'était la première fois qu'elle l'entendait.

Lentement, il desserra son étreinte, et s'écarta de la jeune femme.

— Est-ce pour cela que vous voulez partir, Emma ? Parce que nous sommes attirés l'un par l'autre ?

— En partie. Mais j'ai aussi des engagements que je dois respecter. Envers ma famille, mes amis...

— J'ai du mal à vous croire.

— Pourtant, c'est vrai. Je dois...

— « Je dois », répéta-t-il, sarcastique. Dites plutôt « je veux », et je vous croirai davantage. De quoi avez-vous envie, Emma ?

La question lui donnait le vertige... Elle avait une envie folle qu'il la reprenne dans ses bras, qu'il l'embrasse à perdre haleine, qu'il lui chuchote des mots tendres entre deux baisers fougueux. De ses mains, de sa langue, Matt avait le pouvoir de lui faire oublier Ken et l'homme qu'il avait embrassé dans la sacristie. Le visage de son père déformé par la colère. Sa propre déception, son ego blessé, et son mariage annulé. Oui, Matt pouvait lui faire oublier tout cela. Mais ensuite ? Ne risquait-elle pas une blessure de plus, une peine supplémentaire ?

— J'ai envie de m'en aller, finit-elle par répondre.

Elle vit une ombre ternir le beau regard de Matt.

— Je partirai dès que Mackie sera guérie.

Il secoua la tête.

— Partez quand bon vous semble, ne me faites pas de faveur. Ruth peut vous déposer à l'arrêt du car en se rendant à la messe demain matin.

— Mais je peux attendre...

— Non. Le plus tôt sera le mieux.

Il prit son chapeau et marcha vers la porte.

— J'espère que vous savez ce que vous faites, grommela-t-il avant de disparaître.

Elle l'espérait aussi. Sa raison lui soufflait qu'il était grand temps de revenir à Chicago. La colère de son père avait dû retomber. La campagne électorale battait son plein, et la presse avait sûrement d'autres scandales à se mettre sous la dent...

Oui, il était temps de revenir chez elle, de reprendre sa vie en main, de faire comme si Emma Gray n'avait jamais existé...

9.

— Ils étaient en train de s'embrasser. Je les ai vus ! annonça Martha, en rejoignant Melissa et Ruth dans la minuscule cuisine de cette dernière.

Ruth fronça les sourcils.

— Martha, j'ai horreur qu'on me raconte des histoires.

La vieille dame s'agita sur son siège et fit la grimace. Dès qu'elle bougeait sa jambe gauche, une douleur lancinante l'assaillait.

— Mais je ne raconte pas d'histoires, tante Ruth, protesta Martha. Je les ai vus, je te dis. Papa embrassait Emma, et Emma embrassait papa. Peut-être qu'ils s'aiment.

Martha se laissa tomber sur une chaise, devant la petite table ronde, et regarda sa tante battre les cartes à jouer.

— C'est génial, non ? ajouta-t-elle, avec un sourire satisfait.

Tante Ruth la fixa, impassible.

— Où s'embrassaient-ils, exactement ?

— Sur les lèvres, répondit Martha, avec un petit rire.

— Non. Je te demande dans quelle pièce de la maison ils se trouvaient, Martha.

— Dans la cuisine. J'étais revenue au ranch pour inviter Emma à jouer aux cartes avec nous, mais comme elle était en train d'embrasser papa, je ne lui ai pas parlé.

— Hum...

La vieille dame plia et déplia les cartes en éventail, sous les yeux admiratifs des deux fillettes.

130

— Il faudrait que je le voie pour le croire, grommela Ruth. Emma est une fille de la ville. Elle n'est pas du genre à embrasser un éleveur de bétail, qui a du fumier collé à la semelle de ses bottes et du foin dans les cheveux.

— Mais papa essuie toujours ses bottes avant d'entrer dans la maison, intervint Melissa. Et il nous oblige à le faire aussi. Alors, tante Ruth ? On joue à la bataille ? demanda-t-elle, impatiente.

— Bien sûr... Pendant que je distribue les cartes, peux-tu aller me chercher mon médicament dans ma chambre, Martha ?

Martha sauta de sa chaise et obéit sans se faire prier. Elle traversa le salon et fila vers la chambre. Elle adorait cette petite maison biscornue. Elle était de plain-pied, avec des pièces toutes petites, des rideaux fleuris, des meubles très simples de bois clair, et des coussins partout... Sur les étagères trônaient des bocaux pleins de confiseries ou de fleurs séchées, qui dégageaient une odeur délicieuse. Et, comble du luxe, tante Ruth possédait une télévision qui fonctionnait très bien.

— Ta jambe te fait mal, dit-elle à sa tante, quand elle lui remit le médicament.

— Oui. J'ai l'impression que je vais avoir une crise de rhumatismes, marmonna la vieille dame.

— Il vaut mieux qu'on aille dans le salon, déclara Martha, l'air préoccupé. Comme ça, tu pourras t'allonger sur le canapé, et nous on jouera à côté de toi.

Ruth soupira.

— Je crois que tu as raison.

Avec effort, elle se leva en prenant appui sur sa canne et se dirigea à pas lents vers le salon.

— Ils s'embrassaient, murmura Melissa derrière son dos, en lançant un regard en coin à sa sœur aînée.

— Oui... Comme à la télévision, répondit Martha.

— Surtout, ne dites pas à votre père que vous regardez des feuilletons sentimentaux avec moi, précisa Ruth, qui avait l'ouïe très fine.

131

Elle s'adossa un instant à la porte du salon, l'air épuisé.

— Pourquoi ? On ne fait rien de mal, quand on s'embrasse... Papa va peut-être épouser Emma, et comme ça on aura une maman, déclara Martha avec candeur.

Avoir une maman comme toutes les autres petites filles de son école, quel rêve ! Elle en avait assez des regards apitoyés des adultes quand elle leur disait que la sienne était morte depuis longtemps.

— Moi aussi, je veux une maman, renchérit Melissa. Comme tout le monde.

— Emma n'est pas comme tout le monde, grommela Ruth. Elle ne sait même pas faire la cuisine.

— Et alors ? Ça ne gêne pas papa. Quand Emma brûle un rôti, il le donne au chien.

— Et puis, personne ne fait la cuisine dans les feuilletons, ajouta Martha.

La fillette lança un coup d'œil inquiet à sa tante. Cette dernière semblait incapable de marcher davantage. Pourtant, le canapé n'était plus très loin... C'était un canapé magique, très grand et tout mou, avec des dizaines de coussins et une pile de couvertures en laine dans lesquelles on pouvait s'emmitoufler pour regarder la télévision... Ou sucer son pouce, comme Mackie.

— Filez chercher votre père, les enfants, murmura soudain Ruth, très pâle. Je crois bien que je vais m'évanouir...

Quand elle vit Matt apparaître sur le seuil de la maison, en portant Ruth dans les bras, Emma comprit que ce n'était pas aujourd'hui qu'elle quitterait le ranch. Ni même demain.

Etrangement, elle en fut soulagée.

— Installez-la sur le lit de repos, dit-elle en se précipitant pour arranger les coussins. Cela me permettra de la surveiller pendant que je fais la cuisine.

En effet, le lit de repos était placé dans le salon tout

près de la double porte qui séparait la pièce de la cuisine. Une porte qui était constamment ouverte.

Matt s'exécuta, puis il se redressa et lança un regard étonné à Emma.

— Je croyais que vous aviez décidé de partir ?

Sans lui répondre, elle se dirigea vers la vieille dame.

— Puis-je vous faire un peu de thé, tante Ruth ? demanda-t-elle de sa voix la plus douce.

— Non, merci. Ça va aller, Emma. Ces crises ne durent jamais bien longtemps, heureusement.

— Je vais fixer l'antenne de la télévision sur le toit, marmonna Matt. Comme ça, tu pourras regarder tes feuilletons.

Dès qu'il fut parti, Ruth dévisagea la jeune femme.

— Faites ce que vous avez à faire, Emma, et ne changez pas vos projets pour moi. Matt m'a dit que votre période d'essai était terminée et que vous vouliez rentrer chez vous. Vous devez prendre le car demain matin, n'est-ce pas ?

Emma soutint le regard perçant de la vieille dame.

— Non. Je ne partirai pas avant de vous voir complètement rétablie. Comment pourrez-vous vous occuper des enfants, si vous êtes souffrante ?

— Oh, ne vous inquiétez pas... Nous nous débrouillerons. Nous l'avons bien fait jusqu'à présent.

Emma se laissa tomber sur une chaise au chevet de la vieille dame. Il était temps de mettre les choses au point, décida-t-elle.

— Vous ne m'aimez guère, tante Ruth. Pourquoi ?

— Parce que je me méfie des gens qui viennent de la ville. Ils n'ont pas leur place chez nous.

— Vous êtes injuste. Matt m'a recrutée pour m'occuper de ses enfants, et je fais de mon mieux...

— Vous savez très bien qu'il s'agit de Matt, et non de ses filles, intervint Ruth, agacée. Sa femme venait de la ville, elle aussi, et elle l'a quitté parce qu'elle ne supportait plus la campagne. Je pensais qu'il avait compris la leçon... Eh bien, non! Le voilà qui revient de Lincoln avec une femme encore plus jolie que la précédente... Une femme aux ongles vernis et aux cheveux brillants, une vraie publicité pour des marques de luxe. Une femme qui ne sait même pas faire cuire un steak sans le brûler...

Épuisée par ce long discours, Ruth ferma les yeux et posa la tête sur l'oreiller qu'Emma avait glissé derrière sa nuque.

— Vous savez ce qui me rend malade, Emma? C'est l'idée que tout risque de recommencer...

— Quoi donc?

La vieille dame souleva les paupières et darda sur Emma un regard furieux.

— Mais vous ne comprenez donc rien? Il faut que Matt se remarie. Avec quelqu'un de la région, qui connaisse la vie d'un ranch, et qui sache s'occuper d'une maison. Et vous n'êtes pas sur la liste des candidates, Emma.

Celle-ci déglutit avec peine et serra les poings. Elle n'allait pas perdre son sang-froid à cause d'une vieille dame grincheuse qui lui débitait des absurdités.

— Je ne cherche pas à me marier, figurez-vous.

— Martha vous a vue en train d'embrasser Matt dans la cuisine. Vous pourriez au moins faire attention aux enfants, quand vous essayez de séduire mon neveu.

Avant qu'Emma puisse répondre, la vieille dame se souleva sur un coude et poursuivit à voix plus haute, d'un ton plein de colère.

— Ces petites filles s'imaginent que vous allez être leur nouvelle maman... Quant à Matt, je ne sais pas ce qu'il pense, mais...

La voix de son neveu, claire et forte, les fit sursauter toutes les deux.

— Matt pense que tu ferais mieux de te mêler de tes affaires, et de vérifier que la télévision fonctionne correctement! déclara-t-il, les poings sur les hanches, campé sur le seuil de la porte.

Les joues cramoisies, Emma se précipita pour pousser le bouton « marche-arrêt ». Une image apparut sur l'écran.

— Un match de foot... C'est parfait, déclara la vieille dame d'un ton hargneux. J'espère que l'équipe du Nebraska va écraser ces salopards de l'Ohio...

Comment allait-il pouvoir s'en sortir, cette fois-ci ? Emma avait décidé de s'en aller, Ruth ne décollait pas de son lit de repos et donnait des ordres à tout bout de champ en regardant des inepties sur le petit écran, Mackie souffrait encore de son oreille et traînait dans la maison en geignant, et il fallait conduire ses sœurs à l'école... Dehors, les ouvriers l'attendaient pour aller chercher des veaux au fond des pâtures et les amener vers le corral, afin de les embarquer pour la vente aux enchères qui avait lieu dans deux jours. Le prix de la viande avait grimpé et il fallait profiter de cette hausse pour faire un bénéfice et commencer à rembourser le nouveau tracteur qu'on venait de lui livrer.

Assis devant la table de la cuisine, Matt poussa un soupir à fendre l'âme et se versa une rasade de whisky. Quelque part, un grain de sable s'était glissé dans l'engrenage, mais où ? Et quand ?

Il avait bien peur de savoir qui était le grain de sable... Pourtant, il avait cru bien faire, en revenant de Lincoln avec Emma. Sa nouvelle baby-sitter lui permettait de garder les enfants au ranch, avec lui, et d'empêcher ainsi qu'elles ne s'en aillent chez sa sœur Stephanie. Et Ruth se trouvait soulagée, physiquement et moralement. Bref, tout devait marcher comme sur des roulettes.

Alors, pourquoi se retrouvait-il aujourd'hui dans l'œil d'un cyclone ? Il avala une gorgée du liquide ambré, fort, amer, grisant.

D'accord, il n'aurait pas dû l'embrasser... Mais le moyen de s'en empêcher ? Quand elle levait vers lui ses magnifiques prunelles gris-vert, il s'y noyait aussitôt. Quand elle marchait devant lui, en se déhanchant doucement, son cœur s'affolait. Quand elle se penchait pour lui parler, et qu'il regardait bouger ses lèvres roses, il se souvenait aussitôt de la saveur exquise de sa bouche et ne songeait plus qu'à y goûter de nouveau...

Quand elle lui avait déclaré qu'elle allait partir, il avait perdu la raison. Rien au monde n'aurait pu l'empêcher de l'embrasser, là, au beau milieu de la cuisine, et en plein jour, sans se préoccuper de savoir si on pouvait les voir.

Naturellement, Martha, qui n'avait ni les yeux ni les oreilles dans sa poche, les avait vus.

Emma l'attirait comme un aimant. Une sensation comme celle-là, il ne l'avait jamais éprouvée auparavant. C'était sans doute dû à ses années de célibat forcé. Ruth avait raison, Emma n'était pas la femme qu'il fallait à un éleveur de bétail. D'un autre côté, il se fichait des critères de sa tante. Ce qu'il voulait, lui, c'était une épouse, une amie, une amante... Une femme qu'il retrouverait le soir, entre les draps, et qui aurait envie de le toucher, de le caresser, de l'étreindre fougueusement avant de s'assoupir à son côté. Et tant pis si elle ne savait pas reconnaître un veau d'une génisse, et si elle brûlait tous les rôtis du monde... En fait, songea-t-il après une nouvelle gorgée de whisky, il voulait une femme qui l'aime.

Il venait de mettre le doigt sur le nœud du problème : l'amour. Il savait pertinemment qu'il devrait choisir Alice, Corinne ou Gerda s'il cherchait une épouse capable de tenir une maison et de supporter la solitude et les intempéries. Une femme de la région, qui n'aurait rien à voir avec la ravissante inconnue qu'il avait rencontrée dans un grand magasin, et qui avait insisté pour qu'il offre des ballerines roses à ses trois filles...

Avec un second soupir, Matt vida son verre d'un trait, le reposa sur la table, saisit son chapeau et se leva. En ce moment, il avait cinq femmes chez lui. Cinq pies, prêtes à donner leur avis sur tout, et notamment sur ce qu'il devait faire ou ne pas faire. Voilà qui était beaucoup trop pour lui. Il allait sortir d'ici vite fait et se réfugier dans sa maisonnette, près de celle de ses cousins, afin de profiter du silence de la nuit pour réfléchir à la situation.

Pour Paula, la situation était on ne peut plus claire.

— File d'ici tout de suite, mon chou. Dès que tu auras retrouvé la civilisation, tu m'appelleras pour me dire où je dois te virer de l'argent. Il faut partir, Emilie, ou tu vas devenir folle.

Emma préféra ignorer la dernière partie de sa phrase.

— Je ne peux pas partir en ce moment, Paula. Mackie a une otite et Ruth une crise d'arthrite. Comment veux-tu que je les laisse ? Je dois les aider.

— C'est toi qui as besoin d'aide. Dès que tu seras à Chicago, je t'emmènerai chez mon psychiatre. Tu ne m'avais pas dit que tu travaillais comme employée de maison !

— J'avais peur que tu te moques de moi...

— Chez ton père, tu ne faisais que lire des menus et donner des ordres, observa son amie. Comment diable arrives-tu à te débrouiller ?

— Très bien, figure-toi. Et j'aime ce que je fais.

C'était l'exacte vérité.

— Eh bien, profites-en. Car ton père ne s'est toujours par remis du choc. Il continue à mentir à la presse. Il ne cesse de déclarer que ton mariage est simplement retardé de quelques semaines. Les journalistes ont même pris des photos de Ken gravissant les marches du perron de l'hôpital.

— Comment ? Il fait semblant de me rendre visite ?

— Je suppose que c'est une idée de ton père. C'est une tactique qui peut rapporter des votes de sympathie.

La voix de Paula se fit plus dure.

— Il faudra que tu fasses très attention, à ton retour. Les journalistes sont déchaînés. On parle encore de toi dans la plupart des journaux.

— Je ne veux pas retourner à Chicago pour l'instant, Paula.

— Il le faudra bien. Ton père te pardonnera, j'en suis sûre. Je t'en prie, mets une perruque et des lunettes de soleil avant de prendre l'avion. Il ne faut surtout pas qu'on te reconnaisse avant que tu n'aies retrouvé ton père et...

— Paula... Je te répète que je vais rester ici encore un moment. Matt a besoin de moi.

— Qui est Matt?

— Le père des enfants. Le propriétaire du ranch.

— Ah, je comprends mieux... Tu couches avec lui?

— Paula! s'exclama Emma, indignée. Bien sûr que non.

— Pourquoi? Il est moche et gâteux?

— Oh, non... Il est très bien.

Melissa pénétra dans la cuisine et entoura de ses bras potelés les genoux d'Emma.

— J'ai faim, dit-elle.

— Je m'occupe de toi tout de suite, mon chou, murmura Emma.

— S'il est si bien que cela, pourquoi ne t'offres-tu pas une petite aventure avec lui? poursuivit Paula, à l'autre bout du fil. Autant profiter de l'occasion!

— Paula, il faut que je te laisse, intervint Emma, en caressant les cheveux de Melissa. Les enfants ont faim et...

— Les enfants ont faim, répéta Paula en riant. Jamais je n'aurais cru que tu dirais cela un jour.

— Je t'appellerai la semaine prochaine, dit Emma un peu sèchement.

Elle n'avait plus envie d'entendre son amie plaisanter sur sa vie au ranch. Ou se moquer de Matt et des enfants.

— Excuse-moi, je n'aurais pas dû te taquiner, Emilie. A la semaine prochaine, mon chou. J'attends de tes nouvelles, conclut Paula qui avait compris le changement de ton de son amie.

138

Emma raccrocha et regarda Melissa. Pourquoi Paula traitait-elle les relations sexuelles comme s'il s'agissait d'un simple caprice, d'une babiole qu'on veut s'offrir et que l'on rejette ensuite ? Pour Emma, avoir ou non une relation aussi intime avec quelqu'un ne se décidait pas à la légère. Elle ne pouvait l'envisager sans amour. Quand elle avait cru tomber amoureuse de Ken, elle s'était dit qu'il serait son premier amant. Mais Ken préférait attendre leur nuit de noces. Elle avait trouvé l'idée très romantique.

Grands dieux, comme il l'avait dupée ! Et elle ? Ne lui avait-elle pas fait croire qu'elle l'aimait alors qu'aujour-d'hui elle se rendait compte qu'il ne s'agissait pas d'un véritable amour ? Ken était son meilleur ami, elle le connaissait depuis toujours, et c'était son père qui avait concocté leurs fiançailles. Elle avait accepté de l'épouser, en se disant qu'un mariage de raison était, à long terme, plus durable qu'un mariage fondé sur la passion. Un prin-cipe que son père lui avait instillé, jour après jour, pen-dant toute la période de leurs fiançailles.

Comme tout cela lui semblait absurde, à présent... Comparé à la fougue qui caractérisait les baisers de Matt, ceux de Ken lui semblaient si tièdes, si conventionnels...

— Emma ? On a faim, insista Melissa en lui tirant la main.

La jeune femme se pencha.

— Je sais, ma chérie. Le dîner sera prêt dans une petite demi-heure. On va manger de la pizza, ce soir.

Les yeux de Melissa brillèrent de plaisir. Des yeux sombres comme ceux de son père.

— Chic ! Et après, on pourra danser ?

— Oui. Nous aurons de la musique, et vous pourrez montrer à tante Ruth tous les pas de danse que je vous ai appris.

Un programme qui avait de quoi dérider la plus revêche des vieilles dames, se dit Emma.

Tandis que Melissa courait annoncer la nouvelle à sa tante, Emma s'approcha de la fenêtre. La nuit tombait. Où donc était passé Matt ?

« Dites-moi ce que vous voulez », lui avait-il demandé entre deux baisers. Eh bien, elle savait ce qu'elle voulait : se blottir dans ses bras, les lèvres contre les siennes... Son cœur fit un bond quand elle aperçut la haute silhouette qui se découpait à la lueur de la lanterne accrochée sous le porche. Il revenait à la maison. Elle allait pouvoir lui dire qu'elle avait décidé de rester aussi longtemps qu'il aurait besoin d'elle. Et qu'il allait manger de la pizza ce soir, avec des anchois et des poivrons, qu'il le veuille ou non.

— Je ne reste pas pour le dîner, annonça Matt en pénétrant dans la cuisine.

Il saisit la cafetière, emplit une tasse qu'il mit à l'intérieur du four à micro-ondes pour la réchauffer.

— On annonce un changement de temps. Il faut que l'on finisse de rentrer le foin avant la pluie. Comment va Mackie ?

— De mieux en mieux. Allez donc la voir, dit Emma, en versant de la sauce tomate sur la pâte qu'elle venait de retirer du four.

Il se dirigea vers le salon mais s'arrêta sur le seuil de la pièce. Assises sur le grand canapé, ses trois filles lui tournaient le dos et regardaient, fascinées, le couple qui semblait se disputer sur le petit écran. Ruth se détourna une fraction de seconde, agita la main en guise de bonsoir, et reporta aussitôt son attention sur son feuilleton favori. Quant aux fillettes, elles ne bougèrent pas d'un pouce.

Avec un soupir frustré, Matt rejoignit Emma qui hachait un poivron sur la table de la cuisine.

— Elles n'ont pas regardé la télévision depuis des mois. Je suppose que ça leur manquait.

— Je ne vais pas les laisser la regarder toute la soirée,

promit Emma. Mais cela permet à Ruth et à Mackie d'oublier leurs petites misères.

— C'est le plus important, admit Matt.

Elle lui parlait, songea-t-il. Elle lui souriait même. Cela signifiait-il qu'elle n'était pas en colère contre lui, après ce qui s'était passé cet après-midi ? S'il regrettait ses paroles, il ne regrettait guère leur baiser. Tant pis si elle le croyait un peu obsédé...

— Je vais rater un excellent dîner, dit-il en la voyant saupoudrer les pizzas de parmesan râpé.

— Je vous en garderai une part.

— Merci, mais c'est inutile. Je mangerai un sandwich avec les ouvriers... Je vous ai entendue dire à Ruth que vous aviez retardé votre départ.

Elle soutint son regard.

— Disons que j'ai décidé de rester encore un peu... Si vous êtes d'accord, bien sûr.

S'il était d'accord ? Mais il était fou de joie ! Avec Emma sous son toit, il vivait plus intensément, plus dangereusement aussi. La jeune femme était sur le point de le faire craquer et elle était loin de s'en douter.

Vingt-quatre heures plus tard, Emma commençait à se demander si elle avait fait le bon choix. Allongée sur le lit d'appoint, un œil sur son ouvrage au crochet, l'autre sur le petit écran, Ruth donnait des ordres à toute la maisonnée. Les trois fillettes avaient virevolté sur la pointe de leurs ballerines roses pendant des heures, au point qu'Emma avait eu l'impression d'être en proie au mal de mer. Quant à Matt, il avait dû passer un maximum de dix minutes à l'intérieur du ranch.

La journée touchait à sa fin. Emma avait envie d'un bon bain chaud et de se fourrer au lit avec un roman policier pas trop compliqué.

— Encore une... C'est la dernière, souffla Emma à Mackie.

La fillette regarda la cuiller pleine à ras bord du liquide rose, et pinça les lèvres.

— N'oublie pas la glace au chocolat, insista Emma.

La fillette ouvrit la bouche et avala la potion amère sans broncher.

Emma reboucha le flacon, soulagée. Elle sentait que son bain chaud était à portée de la main.

— C'est une gentille petite fille, commenta Ruth.

A soixante-dix ans et des poussières, la vieille dame avait la capacité de crocheter allongée sur le dos, tout en suivant une conversation avec l'âme charitable qui voulait bien l'écouter, et en soufflant les réponses correctes aux candidats des « Chiffres et des Lettres » qu'elle regardait à la télévision.

— Martha ? Passe-moi la laine bleue... Il est temps que je change de teinte.

— Quelle jolie couleur ! s'exclama Melissa.

D'un air admiratif, elle caressa d'un doigt léger le rectangle jaune que sa tante venait de commencer et qui aurait bientôt, à n'en pas douter, la taille d'un couvre-lit. Emma n'avait jamais vu un ouvrage avancer aussi vite. A croire que les mains de la vieille dame étaient dotées d'un moteur à réaction.

— C'est jaune comme les œufs, tu ne trouves pas, Emma ?

— Si.

Effectivement, la laine était d'un jaune pâle qui rappelait la couleur des œufs brouillés. Quand Emma le leur demanda, Martha et Melissa plantèrent chacune deux gros baisers sur les joues ridées de la vieille dame et filèrent vers l'escalier. Emma se laissa tomber dans le vaste fauteuil à bascule garni d'un épais coussin qui se trouvait près du lit de repos et prit Mackie dans ses bras. L'enfant se nicha avec bonheur contre sa poitrine.

Ruth secoua la tête.

— Je me demande où Melissa va chercher ses idées, murmura-t-elle.

— Dans son cerveau d'artiste, probablement, répondit Emma.

— Nous n'avons jamais eu d'artiste dans la famille, mais j'imagine qu'il y a une première fois pour tout, rétorqua la vieille dame. Ainsi, les runzas que vous avez faits pour le dîner étaient excellents, Emma.

Emma la regarda avec surprise.

— Vraiment ?

— Je ne vois pas pourquoi je mentirais. Qui vous a donné la recette ?

— Je l'ai trouvée dans le livre de cuisine que j'ai acheté le jour du barbecue de la paroisse.

Malheureusement, la recette n'indiquait ni le temps de préparation, ni le nombre de convives. Emma y avait passé près de deux heures et il lui restait de quoi nourrir toute une armée.

— Je ne sais pas quoi faire de ceux qui restent.

— Vous pouvez en envelopper quelques-uns pour Matt. Je parie qu'il n'a pas mangé de la journée.

— Il a l'air très occupé. Je crois qu'il a du foin à rentrer et il craint un changement de temps.

Ruth hocha la tête.

— Il prend son métier très à cœur. Dommage que cela l'oblige à rester seul la plupart du temps.

— Oh, ça n'a pas l'air de le gêner, dit Emma d'un ton qu'elle s'efforçait de rendre léger.

Matt filait à l'aube, dès qu'il avait avalé son café, et ne semblait jamais pressé de rentrer. Si ses filles ne l'avaient pas attendu chaque soir, elle était sûre qu'il aurait dormi dans la grange.

Mackie glissa son pouce entre ses lèvres roses et ferma les yeux.

— Matt déteste la solitude, déclara Ruth. Je pensais que vous l'aviez remarqué.

Emma dévisagea la vieille dame avant de poser la question qu'elle avait sur le bout de la langue depuis une dizaine de minutes.

— Pourquoi êtes-vous aussi aimable avec moi, Ruth ?

Celle-ci eut un haussement d'épaules.

— Vous prenez soin de moi, et je l'apprécie. Je ne m'attendais pas à cela de votre part. Je ne connais pas beaucoup de femmes qui s'occuperaient d'une vieille dame invalide...

— Vous n'êtes pas invalide, Ruth. Juste un peu grincheuse, peut-être, dit Emma en riant.

— Vous voulez dire que je suis une teigne... Je sais que je devrais me mêler de ce qui me regarde, mais je n'arrive pas à me taire quand il le faudrait. Je crois bien que je suis trop vieille pour changer, maintenant. Et j'avoue que je m'inquiète pour Matt et pour les petites.

— Moi aussi, admit Emma.

— Il n'est pas facile d'élever des enfants et de s'occuper d'un ranch. Mais dans l'ensemble, c'est une vie formidable.

— Je crois que vous avez raison, dit Emma de sa voix paisible, en serrant contre elle la petite Mackie.

Il était 8 heures quand Emma apporta son dîner à Matt dans la grange. Emmitouflée dans l'une de ses vieilles vestes, une casquette vissée sur son crâne et les pieds chaussés de bottes trop grandes, elle était la plus belle femme du monde, pensa-t-il en la voyant apparaître.

— Tenez, dit-elle en lui tendant un panier.

Elle y avait rangé une pile de runzas et une Thermos de café bouillant.

— Merci.

Il la fixa, à la fois surpris et émerveillé de la voir.

— Vous n'auriez pas dû vous déranger pour moi.

— Pourquoi ? Vous avez déjà dîné ?

— Non... Et je meurs de faim. Mais c'est dimanche, et au lieu de prendre une journée de congé, vous vous êtes occupée de ma tante et des enfants.

L'humidité la fit frissonner.

— Et vous, vous avez travaillé comme un fou pour rentrer le foin avant la pluie. Les ouvriers m'ont dit que vous vous trouviez encore ici... Mangez vos beignets avant qu'ils ne refroidissent.

— Venez vous asseoir près de moi.

Il se poussa pour lui faire de la place. Une vieille poutre posée sur deux grosses pierres servait de banc, au milieu d'un espace consacré aux harnachements et accessoires en tout genre pour les chevaux.

— Les enfants sont couchées ?

— Oui. Elles étaient épuisées. Ruth regarde un vieux film en noir et blanc et semble aller un peu mieux, mais elle n'arrive pas à se lever sans aide. Vous avez pensé à lui acheter un déambulateur ?

— Oui. Quand je le lui ai proposé, j'ai cru qu'elle allait m'arracher les yeux. Elle s'est mise à faire des moulinets avec sa canne, et j'ai battu en retraite.

Emma hocha la tête et regarda autour d'elle en plissant le nez.

— J'aime bien cette odeur... Qu'est-ce que c'est ?

— Celle du savon et de la graisse pour le cuir, sans doute.

Il retira avec précaution la feuille d'aluminium qui enveloppait les runzas sans cesser de la regarder. Même sans maquillage et engoncée dans des vêtements grossiers, elle ressemblait davantage à un mannequin qu'à une employée du ranch. Rien ne semblait pouvoir ternir sa beauté.

— Ruth m'a dit qu'ils étaient excellents. C'est incroyable...

— Je savais qu'elle finirait par dévoiler sa vraie nature. Elle est bonne comme le pain, sous ses dehors un peu bourrus.

Il avala une bouchée. En effet, ils étaient délicieux. Emma avait d'autant plus de mérite qu'elle ne savait pas comment faire cuire un œuf quinze jours auparavant.

— Mmm... C'est très bon, commenta-t-il.

Emma sourit et lui versa un gobelet de café.

— Merci. Vous n'en prenez pas ? s'enquit-il.

— Non. Cela m'empêcherait de dormir. Je ne comprendrai jamais comment vous pouvez en boire autant et dormir sans problème.

Il sourit à son tour. Elle ne devinerait jamais non plus à quel point il travaillait jusqu'à l'épuisement, dix-huit heures par jour, pour éviter de penser à elle. Il se concentrait sur ses projets les plus immédiats : rembourser l'emprunt pour le tracteur, mettre de l'argent de côté pour payer les études des filles... Oui, tout cela l'empêchait de penser à Emma, à sa peau satinée, à ses grands yeux et à son exquis parfum de pomme verte et de rose sauvage. Du moins le souhaitait-il.

Assise bien droite sur la poutre, elle retira sa casquette et secoua la tête. Sa chevelure retomba aussitôt en vagues soyeuses sur ses épaules. Elle déboutonna sa veste et l'ouvrit, révélant un T-shirt blanc qui moulait sa gorge ronde à la perfection. Une gorge qu'il mourait d'envie de caresser, songea Matt en fourrant les mains dans ses poches pour mieux résister à la tentation.

— Vous devez avoir beaucoup de chevaux, dit-elle après avoir lancé un regard sur les selles alignées les unes derrière les autres sur des tréteaux de bois.

— Nous en avions encore plus quand j'étais enfant. Vous savez monter ?

— Pas très bien.

— Il va falloir vous y mettre.

Elle secoua la tête.

— C'est inutile. En fait, je crois que ma façon de monter à cheval est pire que ma façon de faire la cuisine.

— Puisque votre cuisine s'améliore, tous les espoirs sont permis, répliqua-t-il gaiement. Venez... Je voudrais que vous rencontriez quelqu'un.

Il se leva et elle lui emboîta le pas. Après être sortis de la grange par une porte de côté, ils suivirent un passage mal éclairé mais couvert, qui débouchait dans une écurie. Matt s'arrêta devant un box.

— Emma, je vous présente Cody. Cody, voici Emma, annonça-t-il très cérémonieusement.

Il se tourna vers la jeune femme.

— Cody est notre plus vieux cheval. Nous le rentrons tous les soirs pour qu'il n'attrape pas froid. Allez-y, vous pouvez le caresser. Il ne mord pas, ajouta-t-il en voyant qu'Emma hésitait.

Elle lui flatta les naseaux d'un geste un peu nerveux.

— Il aime les petites attentions. Les enfants lui apportent des carottes et des pommes pendant l'hiver. C'était le cheval de mon père.

Ce dernier mot fit tressaillir Emma.

— Il vaut mieux que je rentre, murmura-t-elle.

— Vous allez être trempée. La pluie est à son maximum.

En effet, la pluie martelait si fort les tôles de la toiture qu'ils étaient obligés d'élever la voix pour s'entendre mutuellement.

— Attendez l'accalmie... Si ma tante a besoin de quelque chose, elle appellera mes cousins dans leur bungalow. J'ai vu que vous lui aviez installé le téléphone à portée de main.

Comme elle acquiesçait, il lui tendit la main.

— Je vais vous faire faire le tour du bâtiment. C'est le plus ancien du ranch.

Il lui montra une échelle assez primitive, composée de simples morceaux de bois mal dégrossis attachés par des lanières de cuir et des bouts de ficelle.

— Vous êtes une citadine, et je suis sûr que vous n'avez pas encore vu de grange à foin.

— C'est vrai.

Le sourire de Matt s'élargit.

— Je vais monter le premier. Cela me permettra de vous aider à franchir le dernier échelon, qui est un peu déboîté.

Emma pâlit, mais grimpa bravement derrière Matt. Arrivé au dernier échelon, celui-ci se glissa souplement à travers la trappe pratiquée dans le plancher rugueux du grenier à foin. Il se retourna et saisit Emma par la taille pour la hisser sur le sol. Il la relâcha dès qu'elle eut repris son équilibre.

— Ainsi, c'est là que vous entassez tous les ballots que j'ai vus dans les champs, quand je suis arrivée au ranch, dit-elle en regardant tout autour d'elle.

Soigneusement empilés, les ballots de foin encore verts dégageaient une merveilleuse odeur d'herbe fraîchement coupée.

— Une partie seulement, rectifia Matt. Ceux-là sont les meilleurs, et ils sont destinés aux chevaux. Les autres se trouvent dans des hangars près des pâtures, et serviront à nourrir les bovins.

Emma voulut s'asseoir sur l'un des ballots et dérangea un chat qui se trouvait juste derrière.

Elle lui caressa la tête et lança à Matt un regard étonné.

— Comment est-il monté ici ?

Il haussa les épaules avec un drôle de sourire.

— Par l'escalier. De l'autre côté du grenier.

— Mais... Pourquoi m'avez-vous fait monter à l'échelle ? demanda-t-elle, stupéfaite.

— Pour l'expérience. Les escaliers, vous connaissez, mais les échelles, c'est beaucoup plus exotique.

Elle ne put s'empêcher de rire. Un rire qui ne fut pas du goût du chat, qui s'enfuit en miaulant.

— Je suis ravie de savoir que je ne vais pas être obligée de descendre en m'agrippant à ces barreaux comme un singe affolé.

— Vous n'allez pas descendre maintenant... Il pleut encore très fort, dit-il, les yeux dans les siens, et l'air brusquement grave. Je vous remercie d'être restée au ranch, Emma.

— Je ne pouvais pas vous laisser tout seul avec une fillette fiévreuse et une tante invalide. Cela n'aurait pas été juste.

— Les gens sont souvent injustes.

— Pas moi, rétorqua-t-elle, en levant son petit menton.

Une expression que Matt connaissait bien, désormais.

— Non. Pas vous.

Il lui désigna l'arrière du grenier.

— Nous ferions mieux de descendre, dit-il, la voix rauque. Il ne faut pas que l'on reste tous les deux ici...

Elle sourit.

— « Il faut », « il ne faut pas »... Voilà que vous parlez comme moi, maintenant !

Il s'approcha d'elle, les sourcils froncés, le regard brillant.

— Je crois bien que je vais faire une bêtise, murmura-t-il en lui prenant la main.

— Une très grosse bêtise, renchérit-elle, les yeux dans les siens.

— Mais je ne peux pas m'en empêcher, chuchota-t-il en l'attirant à lui.

Il glissa les mains sous la veste ouverte d'Emma et encercla sa taille fine et souple. Leurs lèvres se joignirent en un baiser plein de fougue. Un baiser qui se fit plus profond, plus passionné au fil des secondes... Les jambes d'Emma finirent par se dérober sous l'assaut du plaisir. Avec un gémissement, elle s'accrocha à ses larges épaules et ils tombèrent ensemble dans le foin odorant. Ni l'un ni l'autre n'aurait pu se soustraire à la folle attirance qui les faisait s'enlacer, s'étreindre, s'embrasser, se caresser...

— Matt, murmura-t-elle, quand il faufila une main sous son T-shirt pour envelopper un sein de sa paume tiède. Je dois te dire...

Sans l'écouter, il caressa du bout de la langue la lèvre inférieure de la jeune femme.

— Ta bouche est si douce, si tendre, chuchota-t-il.

— Oui, mais...

Il l'embrassa longuement, avidement. Puis il releva la tête et la fixa d'un regard rendu encore plus sombre par le désir qui le taraudait.

— Emma ?

— Oui ?

— Dis-moi que ce n'est pas une bêtise.

Elle sourit et d'un doigt suivit le tracé de sa bouche charnue.

— J'en ai fait tellement ces derniers temps que je ne suis plus très sûre de savoir ce qui est correct. Et puis, il faut parfois prendre des risques...

Il la regarda, enchanté. Ainsi, elle le désirait aussi. N'était-ce pas un miracle que de se trouver avec elle, contre elle, sur elle, dans le foin douillet, à l'abri de la pluie, au cœur de la nuit ?

— Embrasse-moi, murmura-t-elle. Jusqu'à présent, c'est la partie que je préfère.

— Chérie, je te réserve quelques surprises. Les baisers, les caresses, ne sont qu'un prélude.

— C'est ce qu'on m'a dit. Il va falloir que tu m'apprennes le reste, dit-elle, les yeux dans les siens.

Il fallut quelques secondes à Matt pour comprendre le message.

— Tu veux dire... Que tu n'as jamais...

— Jamais, affirma-t-elle.

— Mais... Et ton fiancé ?

— Il voulait attendre notre nuit de noces.

Ce crétin devait se doubler d'un iceberg, décida Matt. Mais il refusait de penser à l'homme qu'Emma avait aimé. Et qu'elle aimait peut-être encore. Les femmes étaient des créatures très étranges, et il n'avait guère envie d'approfondir le sujet en ce moment précis.

— Eh bien, c'est tant mieux, dans un sens. Moi, je n'ai pas fait l'amour depuis très, très longtemps. Alors, il va falloir que nous tâtonnions un peu, avant d'être parfaitement au point.

10.

Quelques instants plus tard, Emma se retrouva nue dans le foin. Matt avait protégé sa peau délicate en lui improvisant un matelas avec leurs deux vestes. Accoudé sur un bras, les yeux noyés dans les siens, il la caressa longuement, d'une main aussi douce qu'experte, jusqu'à ce qu'elle tremble de désir. Alors il la prit dans ses bras et la fit s'allonger sur lui.

Elle pouvait lui faire confiance, se dit-elle en le regardant. Car au fond de ses prunelles plus sombres que la nuit, elle voyait que la passion se mêlait à une certaine gravité.

De la langue, il taquina les pointes tendues de ses seins. Elle se cambra en poussant un gémissement de plaisir.

— Nous sommes encore loin de la partie la plus intéressante, lui murmura-t-il.

Elle écarquilla les yeux, puis eut un sourire félin.

— Vraiment? Alors, qu'est-ce qu'on attend?

— Je voulais que tu me le demandes, dit-il simplement.

Il la fit s'allonger sous lui, cette fois, et de nouveau sa main se fit vagabonde. Emma tressaillit sous les caresses de plus en plus précises, de plus en plus audacieuses. Bientôt, elle n'y tint plus.

— Viens, l'implora-t-elle.

D'un mouvement souple et retenu, il entra en elle,

s'immobilisa. Les mains agrippées aux épaules de son compagnon, Emma sut qu'elle ne s'était pas trompée. La gentillesse, la délicatesse de Matt allaient faire de cette première expérience un souvenir qu'elle chérirait longtemps. Quand il se manifesta doucement en elle, elle ferma les yeux et poussa un soupir satisfait. Jamais elle ne s'était sentie aussi femme, aussi complète.

— Ça va ? demanda Matt, inquiet.

— Mmm...

Elle eut un mouvement des reins, et il crispa les mâchoires.

— Chérie, ne bouge plus... J'ai attendu ce moment trop longtemps... Et je voudrais qu'il dure au moins quelques secondes.

Il réussit à transformer les secondes en minutes et à amener, avec douceur et volupté, Emma à sa première jouissance. A ses gémissements de plaisir il répondit par un cri rauque tandis qu'il se consumait en elle.

— Nous sommes fous, murmura-t-il quelques instants plus tard, en caressant le dos de la jeune femme.

— Pourquoi ?

Les yeux clos, encore toute frémissante, elle savourait les effleurements de la paume de son amant sur sa peau nue.

— Nous n'avons même pas utilisé de préservatif.

— Je prends la pilule. Je devais me marier, et mon fiancé ne souhaitait pas avoir d'enfant tout de suite, alors...

Pourvu que Matt ne lui demande pas quand elle avait rompu ses fiançailles, se dit-elle.

Il lui embrassa l'épaule.

— Un préservatif ne sert pas seulement à limiter les naissances, Emma. A partir de maintenant, tu dois te protéger quand tu auras des relations sexuelles, car...

— A partir de maintenant ? Mais qu'est-ce que tu crois ? Que je vais avoir des « relations sexuelles », comme tu le dis, avec le premier venu ?

Elle s'écarta brusquement et récupéra ses vêtements éparpillés dans le foin.

— Pour ton information, je n'ai pas fait l'amour avec toi par simple curiosité, mais parce que j'éprouvais une certaine attirance, déclara-t-elle, indignée.

Elle s'habilla à la hâte et enfila son T-shirt à l'envers, mais peu importait.

— Je n'ai pas voulu te vexer, Emma, dit-il faiblement, tout en boutonnant sa chemise tant bien que mal.

Elle se détourna, les yeux pleins de larmes, et serra les poings. Il ne fallait pas qu'il la voie pleurer. Il ne fallait pas qu'il sache que si, pour lui, il s'agissait d'une simple relation sexuelle, pour elle, c'était bien autre chose. C'était un acte d'amour.

Avec des gestes saccadés, elle termina de s'habiller et parvint à enfiler ses bottes. Elle se leva.

— Bonne nuit, Matt.

— Attends ! Il pleut des cordes...

Ça, elle le savait. Elle n'était pas sourde, et entendait comme lui le martèlement de la pluie sur les tôles de la toiture.

— Il faut que je rentre.

— Je vais te raccompagner...

— Non, c'est inutile.

— Laisse-moi au moins descendre l'escalier avec toi, plaida-t-il, étonné par la sécheresse du ton de la jeune femme.

Une fois au bas des marches, il l'entraîna vers la porte de la grange.

— Bonsoir, Emma, murmura-t-il. Je... Je suis désolé, ajouta-t-il en bredouillant, tant l'attitude de la jeune femme le déconcertait.

— Moi aussi.

Elle partit sans se retourner, et il suivit sa silhouette des yeux, tandis qu'elle traversait la cour éclairée par l'halogène qu'il avait fait installer au mur de la grange. Jamais il ne se serait douté, en la regardant marcher la tête haute, les épaules droites, qu'elle allait s'écrouler en sanglots une fois le seuil de la cuisine franchi... Jamais il n'aurait soupçonné que ces pleurs traduisaient un immense chagrin d'amour. Car elle l'aimait, de tout son cœur.

— C'est trop facile, déclara Ruth en secouant la tête, dégoûtée. Ils devraient proposer des rébus plus compliqués.

Elle se détourna du petit écran sur lequel l'animateur s'affairait autour d'un tableau immense bourré de lettres de l'alphabet, et reprit son ouvrage au crochet.

Assise à ses pieds, Martha semblait songeuse.

— Ils ne s'embrassent plus, dit-elle avec un soupir.

— Qui donc?

— Papa et Emma.

— Oh... Ecoute, chérie, les gens ne passent pas leur temps à s'embrasser, tu sais. Il faut bien qu'ils travaillent, ajouta Ruth à court d'arguments.

Le menton sur le couvre-lit en macramé — une œuvre de jeunesse de tante Ruth —, Martha insista.

— Papa ne sourit plus jamais. Et Emma regarde tout le temps par la fenêtre.

— Grands dieux, Martha, quelle espionne tu ferais!

La fillette ignora la plaisanterie. Le sujet était grave.

— Emma va s'en aller, tante Ruth. Si on ne fait rien, je suis sûre qu'elle va partir.

— Mais non, voyons. Je l'ai vue en train de dessiner un costume de danseuse. Elle veut t'en faire un pour Halloween... A mon avis, elle doit à peine savoir coudre un bouton, mais avec de la patience, elle y arrivera. Tu pourras porter tes étranges chaussons roses avec.

Par politesse pour sa tante, Martha réprima un haussement d'épaules. Ce n'était pas le moment de parler de ses ballerines roses.

— Halloween, c'est dans longtemps. Elle fait peut-être mon costume à l'avance parce qu'elle sait qu'elle ne sera plus ici pour la fête.

Les mains de Ruth restèrent en suspens, un brin de laine jaune enroulé autour d'un doigt.

— Je te trouve bien précoce pour ton âge, ma chérie. Tu ferais mieux de t'amuser avec tes poupées au lieu d'observer les adultes. Si Emma veut partir, je ne vois pas très bien comment nous pourrions l'en empêcher. Et si ton papa préfère travailler au lieu de l'embrasser, nous n'y pouvons rien non plus.

— Avant, ils s'embrassaient quand ils se croyaient seuls. Mais maintenant, ils ne sont plus jamais seuls ensemble, observa Martha, songeuse.

— Il faut dire qu'avec trois gamines et une vieille dame quasiment grabataire ils n'ont aucune chance de se retrouver en tête à tête, marmonna Ruth.

— Mon institutrice dit qu'il y a plein de trésors dans le lit des rivières.

Ruth haussa les sourcils et dévisagea sa petite-nièce.

— Vraiment ? Je te crois, mais je ne vois pas ce que cela vient faire dans notre conversation.

— On pourrait faire une excursion, suggéra Martha de sa voix tranquille. Je suis sûre qu'Emma n'a jamais exploré le lit des rivières quand elles sont presque à sec.

— Moi aussi, affirma Ruth. Mais je ne comprends toujours pas où tu veux en venir.

L'enfant eut un sourire malicieux.

— Papa pourrait venir avec nous. J'emmènerai Melissa et Mackie loin d'eux pour qu'il se retrouve seul avec Emma.

Ils s'embrasseraient, songea-t-elle. Papa recommencerait à sourire, Emma n'aurait plus les yeux rouges et gonflés. Tout irait bien...

Tante Ruth intercepta le sourire de Martha et hocha la tête.

— Tu peux toujours essayer... Moi, je resterai ici pour

finir la couverture que j'ai promise à Chet. Mais tu me raconteras ce qui s'est passé, promis ?

— Promis.

Martha se leva.

— Je vais prévenir Emma qu'on va faire une excursion demain.

— Va vite... Elle doit être en train de donner le bain à Melissa. Dis-lui que je l'attends pour le feuilleton de 6 heures. Nous prendrons une tasse de thé ensemble, comme d'habitude, et je vérifierai ses progrès en crochet.

Martha ne se le fit pas dire deux fois. Elle fonça vers l'escalier. Son plan était bon, elle en était persuadée. Emma adorerait passer une journée au grand air. Quant à son père, elle se chargeait de le convaincre de venir avec eux.

— Ne lâchez pas la main de Mackie, recommanda Emma. Il ne faut pas qu'elle glisse dans la boue.

Martha et Melissa hochèrent la tête en chœur et partirent en courant avec leur petite sœur. Leurs rires cristallins résonnèrent dans l'air paisible de cet après-midi automnal.

A deux pas derrière Emma, Matt se demandait encore comment Martha avait réussi à le persuader d'abandonner son travail pour participer à cette excursion, mais il ne regrettait pas d'être venu. Pas encore, du moins. Tout dépendait d'Emma. Si elle consentait à lui parler, alors il n'aurait pas perdu sa journée. Il était tout près de souhaiter qu'un trou s'ouvre brusquement sous les pieds de la jeune femme afin que cette dernière soit obligée de l'appeler à son secours. Voilà six jours qu'elle ne lui avait pas adressé la parole, sauf pour lui dire des phrases du genre : « Passe-moi les pommes de terre » ou : « Veux-tu du café ? »

Il occupait ses nuits à élaborer des stratégies pour l'approcher, mais chaque fois qu'il tentait une manœuvre, elle faisait comme s'il n'existait pas. C'était à en devenir fou.

— Mon père adorait venir par ici, annonça-t-il en la rejoignant. Il disait que les lits des rivières recèlent de vrais trésors.

— Lesquels ?

Il faillit pousser un cri de joie. Elle lui répondait, enfin !

— Des pierres polies qui servaient d'outils aux Indiens, et même des os de créatures disparues. De dinosaures, par exemple.

— C'est ce que Martha m'a expliqué hier, mais j'avoue que j'ai eu du mal à la croire.

— Elle disait la vérité. Certains fossiles découverts ici sont exposés au musée régional. Chaque année, j'emmène les enfants à la chasse au trésor. La meilleure période est la fin de l'été, car c'est à ce moment-là que le lit de la rivière est asséché.

Matt se pencha pour ramasser un bout de bois qu'il lança très loin devant lui.

— Allez, le chien... Va chercher !

Les enfants avaient insisté pour emmener Tornade en excursion. Matt avait accepté, car la pauvre bête avait besoin d'exercice, surtout depuis jeudi, quand Emma avait essayé une recette de bœuf Stroganoff... qui s'était révélée plutôt indigeste.

Le chien s'élança en soufflant comme un phoque. Matt se tourna vers sa compagne.

— Tu me parles enfin, Emma. J'en suis heureux. Je voulais te présenter mes excuses pour ce qui s'est passé l'autre soir.

— Je ne veux pas en parler.

Il s'arrêta et lui posa la main sur l'avant-bras.

— Il le faut. Emma, nous avons fait l'amour, la semaine dernière.

— Oh, vraiment ? Je pensais que c'était une simple relation sexuelle...

Il lui saisit le poignet pour l'empêcher de s'en aller.

— Non. Pour moi, c'était tout autre chose. Et je n'avais pas l'intention de te blesser ou de te faire de la peine.

Il se pencha et effleura ses lèvres.

— Arrête, chuchota-t-elle. Les enfants peuvent nous voir.

Il sourit.

— Elles sont bien trop occupées à chercher des bouts de pierre ou d'os. Alors ? Tu veux bien me pardonner ?

Elle secoua la tête sans sourire.

— C'est une situation terriblement gênante...

— Pour moi, elle ne l'est pas.

Pourtant, Dieu sait s'il avait été gêné, ces six derniers jours. Chaque fois qu'il apercevait la jeune femme, le désir qu'il ressentait était tel qu'il avait l'impression de revenir vingt ans en arrière, dans la peau d'un adolescent en proie à une poussée d'hormones. Il avait beau savoir qu'Emma n'était pas son type, qu'elle ne faisait que passer, qu'elle était une citadine pur jus, il ne parvenait pas à se raisonner. Il ne songeait qu'à la douceur de ses lèvres sous les siennes, qu'à la tiédeur de son corps sous ses paumes, qu'à la fougue de ses baisers quand elle répondait aux siens. Et là, maintenant, il avait envie de l'embrasser.

— Je ne pense pas que nous devrions rester en tête à tête. Cela ne nous vaut rien, murmura-t-elle.

Pourtant, elle ne tenta pas de se dégager quand il lui prit la main.

— Je pense au contraire que nous devrions l'être plus souvent, protesta-t-il. Allons dîner ensemble, un de ces soirs. Tu dois en avoir plus qu'assez de faire la cuisine.

Une ébauche de sourire étira les lèvres pulpeuses d'Emma.

— Et toi, tu dois en avoir plus qu'assez de manger ma cuisine.

— Chérie, le chien et moi, nous avons avalé tout ce que tu nous as donné jusqu'à présent.

Elle le dévisagea, intriguée.

— Est-ce que cela signifie que tu m'invites au restaurant ?

Il déglutit avant de répondre prudemment :

— Je crois qu'il est temps que nous sortions ensemble, toi et moi. Qu'en dis-tu ?

Elle lui lança un drôle de regard, et avant qu'elle puisse répondre, Melissa se précipita vers eux, les joues roses, les yeux brillants, l'air surexcité, en brandissant un objet. Emma retira aussitôt sa main de celle de Matt.

— Papa ! Regarde ce que j'ai trouvé ! Tu sais ce que c'est ?

C'était un fragment d'os. Un bout de cartilage qui l'empêchait de savoir ce qu'Emma pensait de sa proposition, voilà ce que c'était, songea Matt, frustré.

— Je pense que cet os a dû être taillé par les Indiens pour servir d'outil, expliqua-t-il. Tu vois ce bout tranchant ?

Melissa sautilla d'un pied sur l'autre, au comble de l'excitation.

— Je pourrai l'apporter à l'école ?

— Bien sûr.

— Génial !

Il le rendit à sa fille.

— C'est blanc comme un os, déclara-t-il en souriant.

Etonné, il vit l'enfant secouer ses mèches brunes.

— Non. C'est blanc comme la rivière.

— Mais... Ce petit cours d'eau est plein de terre ! s'exclama Matt. Pourquoi dis-tu qu'il est blanc ?

Melissa soupira avant de répondre d'un ton patient :

— Il brille quand il y a du soleil et il devient tout blanc.

— Oh.

Peut-être serait-elle une artiste, songea Matt, perplexe. C'est ce que pensait Emma. Ce qui était sûr, c'est qu'ils ne voyaient pas les choses de la même façon, sa fille et lui.

— Où l'as-tu trouvé? demanda Emma, intriguée, en examinant le petit bout d'os au creux de la paume de l'enfant.

— Là-bas. Tu veux que je te montre?

— Oh, oui...

Ce fut à Melissa qu'elle donna sa main, cette fois. Elles coururent toutes les deux vers le lit de la rivière qui était presque à sec, et Matt les suivit des yeux. Il avait craint qu'Emma ne s'en aille dès que Mackie serait guérie. Mais elle était restée. Oh, ce n'était pas pour lui qu'elle en avait décidé ainsi. Il n'était pas stupide... Il avait bien vu qu'Emma s'occupait de Ruth sans en avoir l'air, pour ne pas heurter l'ego de la vieille dame. Tant que Ruth souffrait de sa crise d'arthrite, Emma continuerait à s'occuper des enfants. Mais que ferait-elle quand la crise serait terminée?

De son côté, il se débrouillerait pour trouver une autre employée de maison, bien sûr. Mais il savait, au plus profond de lui-même, qu'il pourrait difficilement remplacer Emma.

Emma mit un certain temps à se décider. Quatre jours, exactement. Pourtant, le lundi, en faisant les courses habituelles pour la maison, elle était entrée dans une boutique de vêtements féminins, où elle avait acheté une jupe longue et une veste assortie, en fin lainage vert mousse. En prévision de son départ, s'était-elle répété. Et parce qu'elle était fatiguée de porter un jean sept jours sur sept. Certainement pas pour sortir avec Matt.

Les journées filaient à la vitesse de l'éclair. Entre les trois fillettes qui réclamaient son attention, les recettes qu'elle ne cessait d'inventer, et les leçons de crochet que lui prodiguait Ruth, elle n'avait guère le temps de s'ennuyer. Elle avait même pris le café avec la maman de Jennifer, la meilleure amie de Martha, et donné une leçon de danse à Abigail, la meilleure amie de Melissa. Bref, sa nouvelle vie lui allait comme un gant, elle avait recouvré sa joie de vivre. Elle ne pleurait même plus quand elle ratait un plat. Les Thomson le mangeaient sans faire d'histoires.

Et le chien dévorait les restes.

— Emma? C'est l'heure du feuilleton!

— J'arrive!

Emma envoya un baiser à Mackie et Melissa, qui jouaient tranquillement dans leur chambre, et descendit les marches quatre à quatre. Elle s'installa dans le siège que Ruth lui avait réservé à côté du lit de repos, face à la télévision.

— Tenez, lui dit Ruth, qui avait la sale manie de faire deux choses à la fois, comme regarder un feuilleton et crocheter une couverture.

Emma prit le rectangle de laine jaune que la vieille dame lui tendait. Un rectangle qui devait devenir un couvre-lit... dans les dix prochaines années, si tout allait bien.

— J'ai réparé le trou. Et j'ai enlevé la laine verte qui s'était emmêlée avec la jaune.

— Merci, tante Ruth.

C'était la première fois qu'Emma entreprenait ce genre d'ouvrage. Elle avait appris quelques rudiments de broderie au collège, avec Miss Finch, une vieille fille toujours impeccable et terriblement minutieuse, qui n'aurait pas survécu trois heures dans un ranch au Nebraska.

Les deux femmes travaillèrent en silence, le regard rivé tantôt sur l'écran, tantôt sur leur laine et leur crochet.

— Avez-vous pris votre médicament? demanda soudain Emma.

— J'ai oublié.

Ruth saisit le verre d'eau et la boîte de comprimés qui étaient en évidence sur sa table de chevet.

— Je pensais guérir beaucoup plus vite, dit-elle après avoir avalé un comprimé. Je suis désolée d'être encore ici à vous embêter.

— Oh, mais vous ne m'embêtez pas du tout, répondit Emma avec un sourire. D'ailleurs, il faut que vous restiez ici jusqu'à ce que je sache me débrouiller au crochet.

Ruth soupira et lui lança un regard en coin.

— Dans ce cas, nous allons demeurer ici très, très longtemps, toutes les deux. Moi, cela ne me dérange pas. Mais vous ?

Le sourire d'Emma disparut.

— Il va falloir que je parte bientôt.

— Vraiment ? J'espère que vous avez de bonnes raisons...

— Quelques-unes, oui.

Un père furieux. Une vie mondaine à Chicago. Des centaines de relations et un ou deux amis. Et un éleveur de bétail qui lui avait fait l'amour sans être amoureux, et qui pensait qu'elle allait mener une vie privée agitée. Si seulement il savait qu'elle ne pouvait envisager d'avoir de relation aussi intime avec un autre homme, désormais !

— Que pensez-vous de Marina ? demanda Ruth, l'œil fixé sur l'écran. Elle rompt ses fiançailles la veille de son mariage !

— Je pense qu'elle a raison.

Emma enroula un brin de laine jaune autour de son doigt et piqua la tête de son crochet là où il le fallait... Du moins, elle l'espérait.

— Moi aussi. Il vaut mieux être sûre avant de se marier. J'ai eu trois maris, et je sais de quoi je parle, croyez-moi.

Emma leva la tête. Elle songeait à Matt et à son invitation à dîner.

— Est-ce que vous comprenez les hommes, tante Ruth ?

La vieille dame hocha la tête.

— C'est assez facile. Il leur faut de bons petits plats et une femme ardente au lit. Et si vous traitez votre homme comme s'il était le coq du village, alors tout ira bien.

Emma récupéra de justesse la pelote de laine jaune qui allait glisser de ses genoux.

— Qu'est-ce que cela veut dire?

— Eh bien, si vous tombez sur un bon mari, il vous suffit de le nourrir, de l'aimer, et de le traiter avec gentillesse. Les hommes sont des êtres sensibles. Même si certains sont un peu abrutis, marmonna la vieille dame. Passez-moi les ciseaux, Emma.

Elle allait accepter l'invitation de Matt, décida la jeune femme. Après tout, cela faisait des siècles qu'elle n'avait pas commandé un repas.

Matt attendait Emma dans le salon, en compagnie de Ruth et des trois fillettes. Quand elle pénétra dans la pièce, il se leva, ébloui.

— Je suis prête, annonça-t-elle.

Elle remarqua les cinq paires de prunelles braquées sur elle et eut une seconde d'hésitation. Avait-elle mis sa jupe à l'envers?

— Pourquoi me regardez-vous comme cela?

— Tu es... superbe, articula Matt.

Melissa avança d'un pas timide et toucha d'un doigt le tissu de la jupe.

— C'est vert, murmura-t-elle, extasiée. Vert comme des pommes.

— Ou comme de la mousse, dit Emma.

— Pourquoi tu n'as pas mis ta robe de princesse? demanda Martha, déçue.

— Je préfère celle-ci de beaucoup.

— Tes bottes sont super, affirma Melissa. Mon institutrice, elle a les mêmes.

Emma regarda le bout de ses bottes neuves, de cuir naturel décoré d'arabesques ton sur ton.

— Elles étaient en soldes et je n'ai pas pu résister, avoua-t-elle.

Comme elle était loin, la fille de George Grayson, qui passait son temps à faire du shopping chez les couturiers les plus en vogue, sans se soucier des prix marqués sur les étiquettes!

— Allons-y, dit Matt, pressé d'avoir Emma pour lui tout seul.

Il lui prit la main et l'entraîna vers la porte.

— N'oubliez pas, les enfants : pas de film d'horreur, et au lit à 9 heures pile !

— Ne t'inquiète pas, dit Martha, enchantée de les voir partir tous les deux, la main dans la main. On sera sages. Passez une bonne soirée !

La soirée fut excellente. Emma avait beau se dire que c'était parce qu'elle goûtait enfin à des plats qu'elle n'avait pas préparés elle-même, elle n'était pas tout à fait dupe. Le chevalier servant qui l'accompagnait et qui n'avait d'yeux que pour elle y était pour quelque chose... Elle préféra oublier qu'il n'était guère amoureux d'elle, alors qu'elle l'était follement de lui. Grâce à Ken, son ego avait pris un sérieux coup, et elle n'avait pas envie de le voir piétiné sous les semelles d'un cow-boy du Nebraska.

Leurs bottes atterrirent en même temps sur le plancher.

— Ooooh... Je me sens mieux, déclara Emma en agitant ses orteils avec un soupir de soulagement.

— Assieds-toi, ordonna gentiment son compagnon.

Elle se laissa tomber au bord du grand lit de Matt, et ce dernier entreprit de lui masser les pieds.

— Tes bottes vont s'assouplir petit à petit, lui expliqua-t-il.

Il releva l'ourlet de sa jupe et posa ses lèvres derrière le genou d'Emma. Puis sa bouche remonta vers la peau satinée de sa cuisse, et ses mains aussi.

— Il faut y aller doucement, dit-il entre un baiser et une caresse. Et surtout, prendre son temps.

— Tu fais allusion à mes bottes... Ou à tout autre chose ?

— Question absurde, chérie.

— Quand tu m'appelles « chérie », je sais que je vais craquer, murmura-t-elle.

— Il ne fallait pas me regarder comme cela au restaurant.

Il avait raison. Entre le plat de résistance et le dessert, ils s'étaient regardés les yeux dans les yeux, et Matt avait demandé l'addition. Il aurait dû être arrêté une bonne dizaine de fois pour excès de vitesse, tant il avait poussé sa vieille jeep à fond... Heureusement, la route était déserte, à cette heure de la nuit. A peine arrivés au ranch, il l'avait entraînée vers sa chambre, car « le lit y était plus grand que dans la sienne », avait-il spécifié. Elle l'y avait suivi bien volontiers. A en croire la lueur qui couvait dans les prunelles sombres du jeune homme, la soirée promettait de s'achever en beauté.

Sur le sol, leurs vêtements rejoignirent leurs bottes. Frémissants, ils s'allongèrent peau contre peau. Emma se mordit la lèvre pour ne pas gémir de plaisir quand la main de Matt s'aventura sur son ventre plat, pour descendre toujours plus bas, vers le centre de sa chaleur, de sa féminité. Longtemps, il la caressa, créant chaque fois par la magie de ses doigts une vague de plaisir de plus en plus forte, qui l'emmenait de plus en plus haut, jusqu'à ce qu'elle s'y noie... Quand enfin il la laissa reprendre ses esprits, elle avait les larmes aux yeux. Jamais elle n'aurait cru qu'elle pourrait éprouver de telles sensations...

— Et ça n'est que le début, lui souffla Matt à l'oreille.

En effet, sa surprise fut totale quand il vint en elle, l'entraînant de nouveau dans une lente ascension vers l'extase. Vague après vague, elle s'éleva toujours plus haut, toujours plus loin, au rythme des encouragements que lui chuchotait Matt et de ses gémissements mal réprimés.

Et lorsque, pour la seconde fois, un raz de marée l'engloutit, la ballottant comme un fétu de paille dans un tourbillon, elle poussa un cri rauque qu'il étouffa sous une pluie de baisers.

11.

— Je crois que je suis guérie, annonça Ruth, deux jours après cette nuit mémorable.

Emma rangea son ouvrage — qui avait atteint près de quinze centimètres de hauteur — dans un sac en plastique, et sourit à la vieille dame.

— Tant mieux. Puisque c'est l'anniversaire de Mackie aujourd'hui, vous allez pouvoir danser ! Je vais appeler Melissa pour m'aider à décorer le gâteau, ajouta-t-elle en se levant.

— Vous avez du cran, reconnut Ruth. Je parie que vous n'aviez encore jamais fait de gâteau d'anniversaire.

Elle prit sa canne et marcha en claudiquant vers le porche.

— En fait, je n'aurais jamais cru que vous resteriez plus de trois jours ici.

— Moi non plus, avoua Emma en riant.

Elle s'éclipsa vers la chambre de Mackie pour l'aider à revêtir sa plus jolie robe.

— J'ai quatre ans aujourd'hui ! s'exclama la fillette, très fière, en brandissant quatre doigts un brin poisseux.

— Je sais. C'est formidable, dit Emma avec douceur.

Elle lui coiffa les cheveux en queue-de-cheval — la coiffure préférée de Mackie —, qu'elle orna d'un gros nœud rose assorti à la robe.

— Demain, je vais faire la fête à l'école, poursuivit l'enfant.

Ça, Emma le savait aussi. C'était même pour cela qu'elle avait concocté vingt-quatre tartelettes au chocolat... Et pour ce soir, tout était prêt : le gratin pouvait être réchauffé en vingt minutes — c'était une recette spéciale, qu'elle avait mise au point elle-même —, les cadeaux étaient enveloppés et enrubannés, et le gâteau au chocolat n'attendait plus qu'un glaçage final.

— Tourne-toi, pour que je t'admire...

Mackie s'exécuta en souriant.

— Vous êtes ravissante, mademoiselle Mackie. Et vous avez vraiment l'air d'avoir quatre ans !

La fillette se jeta dans les bras d'Emma.

— Merci, Emma. Je t'aime, tu sais.

— Moi aussi, ma chérie.

Oh, oui, elle les aimait de tout son cœur, ces trois adorables fillettes. Elle aimait aussi leur vieille tante un brin ronchon. Et elle était amoureuse de leur papa... Matt était généreux, tendre, attentionné. Son seul défaut, c'est qu'il ne parlait jamais de l'avenir. De temps à autre, il lui demandait de l'accompagner à une vente de bétail. Plus souvent encore, il rejoignait Emma dans sa chambre et passait les premières heures de la nuit avec elle. De ces heures tour à tour ardentes et câlines, elle gardait le plus beau des souvenirs.

Ces souvenirs, elle les emporterait quand elle quitterait le ranch. Tout comme elle emporterait son ouvrage au crochet, qui s'allongeait à mesure que son affection pour les Thomson grandissait...

— Viens, dit-elle à Mackie. Tu vas tenir compagnie à tante Ruth pendant que je termine de préparer le dîner.

— Tu as fait un beau gâteau ?

— Il sera très beau, dès que Melissa et moi nous aurons terminé de le décorer, promit-elle. Mais tu n'as pas le droit de regarder par le trou de la serrure !

En riant, Mackie alla rejoindre sa tante qui faisait du crochet sous le porche, tandis qu'Emma filait vers la cuisine.

Les choses les plus simples pouvaient parfois se compliquer de façon tout à fait imprévisible, se dit Emma, une heure plus tard. Ainsi, le glaçage du gâteau. Le mode d'emploi de la boîte indiquait qu'il fallait le poser à l'aide d'un couteau sur la génoise et le lisser ensuite. Quoi de plus facile ? Mais par un sort pervers, chaque fois qu'Emma voulait retirer son couteau, des morceaux de gâteau demeuraient collés à la lame, ce qui rendait le dessert semblable à un gruyère... Quant à Melissa, elle profita de la concentration d'Emma pour plonger avec délices les doigts dans le glaçage. Elle avait le visage d'un ramoneur quand Emma s'en aperçut. Pour compliquer encore les préparatifs, l'un des chats pénétra dans la cuisine sans se faire remarquer. Ce fut une épouvantable odeur de brûlé qui alerta Emma. Elle eut tout juste le temps de refermer la porte du four avant que le chat ne prenne feu. Pour couronner le tout, Martha la rejoignit en pleurs car elle s'était aperçue dans le bus qui la ramenait de l'école qu'elle avait oublié le petit cadeau qu'elle avait préparé pour sa sœur dans sa salle de classe.

Enfin, Matt, qu'elle n'avait pas vu de la journée, pénétra dans la cuisine sans se rendre compte qu'il traînait de la paille collée à la semelle de ses bottes.

Emma lui tendit un balai.

— C'est toi qui as sali le sol, c'est toi qui le nettoies, lui déclara-t-elle, à la grande joie de Martha et de Melissa.

— A votre service, madame, rétorqua-t-il en lui adressant un clin d'œil.

Elle aurait dû se méfier de son air réjoui. A peine avait-elle le dos tourné qu'il passa le bout du doigt sur un coin du gâteau, histoire de goûter le glaçage. Il avait cru qu'elle ne le verrait pas, mais quand il s'agissait de lui, Emma avait des yeux dans le dos et un radar au sommet du crâne.

— Veux-tu arrêter tout de suite ! s'exclama-t-elle, en feignant l'indignation, ce qui fit rire les deux fillettes.

Matt prit un air contrit et s'approcha de la jeune femme.

— Toi aussi, tu as goûté au glaçage, l'accusa-t-il d'une voix suave. Tu as du chocolat sur la joue.

Il tendit la main et d'un doigt effaça la trace brune sur la peau veloutée. Il allait l'embrasser, se dit Emma en apercevant la petite lueur qui couvait au fond de ses prunelles sombres. En tout cas, il en avait très envie...

— Tante Stephanie ! s'exclama Martha.

Matt fit volte-face, stupéfait. Une grande jeune femme brune se tenait sur le seuil de la cuisine. Son air ahuri prouvait qu'elle avait assisté à la scène et vu son frère serrer de très près son employée de maison. Instinctivement, Emma recula d'un pas.

Les cheveux lisses, la coupe impeccable, le chemisier de soie crème ouvert sur une épaisse chaîne d'or, le pantalon de lin beige et le sac en crocodile indiquaient que la sœur de Matt était une citadine élégante, aisée, et qui suivait la mode de près.

D'un regard, elle engloba les cheveux défaits d'Emma, son visage et ses mains tachés de chocolat, et son jean et son T-shirt ultrasimples.

— Bonsoir, dit-elle avec un sourire poli, après avoir embrassé Martha et Melissa. Je suis Stephanie Cordell, la sœur de Matt.

Matt la prit par les épaules tandis qu'elle s'approchait.

— Steph, quelle bonne surprise... Je te présente Emma Gray. Notre nouvelle employée de maison, ajouta-t-il, en lançant un regard embarrassé à Emma.

Ce dernier terme ne plut guère à la jeune femme, mais comment Matt aurait-il pu la présenter autrement ? Il lui était difficile de prendre Emma par la main et de dire à Stephanie : « Je te présente ma nouvelle maîtresse », surtout devant les enfants.

— Je suis ravie de vous rencontrer, dit Emma d'un ton mondain.

— Je n'ai même pas entendu le moteur de ta voiture,

Stephanie, s'écria Ruth. Mais je pensais bien que tu ne laisserais pas passer l'anniversaire de Mackie...

Son ouvrage dans une main, sa canne dans l'autre, la vieille dame pénétra en claudiquant dans la cuisine, les yeux brillants d'excitation.

— Tante Steph !

Ravie, Mackie se précipita dans les bras de la jeune femme.

— Bon anniversaire, ma petite chérie, dit Stephanie en l'embrassant.

Elle fouilla dans son fourre-tout en crocodile et lui tendit un paquet enveloppé dans un papier rose fluo. Puis elle se tourna vers sa tante et lui planta un gros baiser sur la joue.

— Clay devait se rendre à Denver pour participer à une conférence, expliqua-t-elle. Je l'ai persuadé de m'emmener jusqu'ici et de me déposer au bout du chemin, pour que personne ne voie la voiture. Je voulais vous faire la surprise, ajouta-t-elle, en lançant un coup d'œil perçant à Emma.

Matt sourit.

— Certaines personnes ont beau être adultes, elles conservent une âme d'enfant...

— Et certaines personnes aiment garder des secrets, rétorqua-t-elle en lui donnant une tape sur l'épaule.

— De qui parles-tu ? demanda Matt avec candeur.

Sans répondre, Stephanie s'adressa à sa tante.

— Il paraît que tu as dû rester allongée pendant quelque temps. Comment te sens-tu, maintenant ?

— Beaucoup mieux. D'ailleurs, je compte retourner chez moi dès demain, répondit la vieille dame, à la grande surprise de Matt et d'Emma.

— Je peux l'ouvrir ? demanda Mackie, les yeux rivés sur le paquet qu'elle avait dans les bras.

— Bien sûr, dit Stephanie en souriant.

— Non, dit Matt au même moment.

— Il vaut mieux que tu l'ouvres avec les autres

paquets, quand tu auras soufflé tes bougies, proposa Emma, conciliante.

— D'accord.

Les joues roses de plaisir, l'enfant posa le paquet parmi ceux qu'Emma avait placés à côté de sa chaise, devant la table.

— J'ai intérêt à prendre une douche et à me changer avant le dîner, déclara Matt.

— Bonne idée, dit Emma.

Une fois son frère parti, Stephanie dévisagea Emma avec insistance.

— J'ai l'impression de vous avoir déjà vue quelque part, Emma. Avez-vous vécu à Omaha ?

— Non, jamais.

Emma lança un coup d'œil à Ruth, qui comprit aussitôt le message.

— Je crois qu'il vaut mieux laisser Emma finir son travail. Venez avec votre tante Stephanie, les enfants, sinon nous allons la gêner.

Tandis que les fillettes suivaient la vieille dame dans le salon, Stephanie jeta un regard intrigué au gâteau d'anniversaire qui penchait dangereusement d'un côté.

— Vous êtes sûre que vous n'avez pas besoin d'aide, Emma ?

— Tout à fait. Le dîner sera prêt dans moins d'une heure, affirma celle-ci.

Il le fallait. Pour Mackie. Pourtant, un étrange pressentiment serrait le cœur d'Emma.

— Mmm... C'était très bon, Emma, déclara Matt en avalant sa dernière bouchée.

— Très original, en tout cas, dit Stephanie, qui n'avait guère l'habitude des recettes d'Emma.

— Excellent, affirma Ruth.

— Puis-je vous aider à débarrasser la table ? demanda Stephanie.

Intriguée, elle vit sa tante reculer sa chaise d'un bon demi-mètre tandis qu'Emma récupérait les assiettes.

— Non, merci. J'apporte le gâteau et le café.

— Et les cadeaux, et les bougies, réclama Mackie, de sa petite voix chantante.

— Bien sûr, chérie.

Personne ne fit allusion au fait que le gâteau ressemblait curieusement à la tour de Pise. Il n'y eut aucun commentaire sur les bouts de glaçage qui manquaient par endroits... Tout le monde applaudit quand Mackie souffla d'un seul coup ses quatre bougies roses. Elle déballa ses cadeaux pendant qu'Emma s'efforçait de découper le gâteau en parts plus ou moins égales.

— Oh...

Les yeux brillants comme des escarboucles, Mackie sortit tour à tour des paquets qu'elle venait de déballer : une robe neuve, offerte par Stephanie, un puzzle donné par Ruth, un gros ours en peluche choisi par Matt, et un minuscule justaucorps rose qu'Emma avait acheté pour elle par correspondance.

Les fillettes décidèrent aussitôt de se mettre en tenue de danse pour montrer à leur tante Stephanie les rudiments de ballet qu'Emma leur avait appris.

Emma fit passer tout le monde dans le salon. Elle préférait rester seule pour mettre de l'ordre dans la cuisine avant de les rejoindre.

Vingt minutes plus tard, elle regarda autour d'elle, satisfaite, et poussa un soupir de soulagement. Les restes du repas étaient rangés dans le réfrigérateur, les emballages des cadeaux se trouvaient au fond de la poubelle, les assiettes sales trempaient dans l'évier, et le sol était balayé. Elle avait préparé son premier repas de fête, elle avait rencontré la sœur de Matt et elle avait survécu à ces deux événements. Bref, ce soir, le ciel ne lui était pas tombé sur la tête, comme elle l'avait craint.

— Viens voir, Emma ! hurla Martha, en déboulant dans la cuisine. Vite... Tu passes à la télévision !

Jamais elle n'aurait dû se laisser entraîner dans le salon par la fillette. Jamais elle n'aurait dû s'asseoir près de Matt et regarder le petit écran, sur lequel on voyait Emilie Grayson, dans une robe longue immaculée, un voile sur la tête, descendre d'une immense limousine noire décorée de fleurs blanches garée devant la plus grande église de Chicago.

— C'est ta robe de princesse, s'exclama Melissa, l'air extasié.

— Chut ! ordonna Ruth, péremptoire, les yeux rivés sur l'écran.

— La jeune, belle et richissime Emilie Grayson, qui a disparu le jour de son mariage, serait encore soignée dans un service de l'hôpital de Chicago, d'après les dires de son père, George Grayson, commenta le journaliste.

Ken apparut à l'écran, l'air désespéré, seul devant la porte de l'hôpital, tandis que le journaliste poursuivait :

— Son fiancé, Ken Channing, vient la voir le plus souvent possible. Il mène tambour battant sa campagne électorale et a de fortes chances de devenir sénateur à la fin du mois. On dit que l'homme d'affaires George Grayson a apporté une contribution financière importante à sa campagne. Mais où est donc passée Emilie ? Se trouve-t-elle réellement dans une chambre d'hôpital, en proie à une dépression nerveuse ? Ou bien a-t-elle décidé de ne pas devenir la femme d'un sénateur et s'est-elle enfuie pour échapper à la presse ? Dans ce cas, où se cache-t-elle ? Demain, nous en apprendrons sans doute davantage sur sa personnalité, grâce à l'interview que nous accordera son couturier japonais préféré...

— Je me suis trompée d'émission, grommela Ruth. C'est cette fichue télécommande qui n'en fait qu'à sa tête...

— Emma... Dites-moi qu'il s'agit de votre sœur jumelle, chuchota Matt, abasourdi.

— Je savais bien que je vous avais déjà vue quelque part, déclara Stephanie.

Instinctivement, elle avait rassemblé les trois fillettes près d'elle, comme si elle devait les protéger contre un monstre.

— Si tu veux voir sa robe de princesse, elle est dans son placard, dit Melissa. Elle est belle, et blanche comme...

— Martha, emmène tes sœurs se coucher, intervint Matt, la voix dure.

Sentant l'atmosphère se charger d'électricité, les enfants dirent « bonsoir » et s'éclipsèrent en file indienne vers l'escalier. Matt dévisagea Emma, les sourcils froncés.

— Tu peux m'expliquer ce que l'on vient de voir ?

— Je ne pouvais pas l'épouser, répondit-elle faiblement. Je t'avais dit que j'avais découvert que mon fiancé aimait quelqu'un d'autre, n'est-ce pas ?

— Ça s'est passé le jour de votre mariage ? s'enquit Stephanie, incrédule. Donc, vous êtes bien Emilie Grayson... Je comprends mieux pourquoi vous ne savez pas faire la cuisine ! J'ai lu tout un reportage sur vous il y a quelques mois dans un magazine. Il paraît que vous avez une armée de domestiques.

— Vous vous êtes enfuie de l'hôpital pour venir au Nebraska ? demanda Ruth. Je ne comprends pas...

— Je ne suis pas allée à l'hôpital, expliqua Emma. C'est une histoire que mon père a inventée pour occuper les journalistes. En fait, je me suis enfuie de l'église juste avant le mariage et j'ai pris le premier avion qui décollait de l'aéroport. C'était un vol pour Lincoln, Nebraska.

— Tu n'es pas Emma Gray, dit Matt à mi-voix, comme s'il tentait de s'en persuader. Tu fais partie de la haute société, et tu avais besoin de te faire oublier pendant quelque temps. Probablement jusqu'à ce que ton fiancé soit élu...

— Je ne voulais pas lui faire du mal, plaida Emma. En fait, je ne voulais blesser personne.

— Je vois. Les gens comme toi sont habitués à faire

174

leurs quatre volontés... Sans vouloir nuire aux autres, bien entendu.

Emma le regarda, désolée. Elle lui devait des explications.

— Matt, je voudrais te parler...

Il secoua la tête.

— Je crois que je n'ai pas envie d'écouter, grommela-t-il.

Il sortit de la pièce. Quelques instants plus tard, les trois femmes entendirent la porte de la maison claquer.

Avec un soupir, Emma ramassa les cadeaux épars sur le tapis du salon.

— Je vais les déposer près du lit de Mackie. Elle les verra à son réveil.

Stephanie lui emboîta le pas.

— Je vais avec vous. Les petites m'ont beaucoup manqué, confia-t-elle à Emma. Ne vous inquiétez pas pour elles. Quand vous serez rentrée chez vous, à Chicago, je prendrai les enfants chez moi à Omaha. Matt n'a pas le temps de s'en occuper, et Ruth est trop fatiguée pour le faire.

Elles étaient sur le palier. Emma hésita.

— Matt ne souhaite pas les voir partir, je crois.

— Je sais. Mais mon mari et moi, nous ne pouvons pas avoir d'enfants. Mes nièces seraient mieux chez nous que seules au ranch avec une baby-sitter. Matt finira bien par s'en rendre compte.

— Après l'expérience que je viens de lui faire subir, je suppose qu'il n'aura plus jamais envie de recruter une employée de maison, murmura Emma d'un ton amer.

Elle salua Stephanie d'un mouvement de tête et pénétra dans la chambre des enfants sur la pointe des pieds. Les fillettes ne dormaient pas. Emma vint border chacune dans son lit, évita de parler de ce qu'elles avaient vu à la télévision et expliqua en quelques mots qu'elle risquait de retourner chez elle un certain temps. Puis elle les laissa bavarder avec Stephanie.

Emma ne s'autorisa à craquer qu'une fois dans sa chambre, et après en avoir soigneusement refermé la porte. Elle se sentait un peu comme Cendrillon quittant le bal pour rentrer chez elle. Sauf que c'était son père qui l'attendait, et non une marâtre, et qu'aucun prince charmant n'irait à sa recherche. Oh, comme elle aurait aimé que son conte de fées à elle se terminât par la phrase magique : « Ils se marièrent, eurent des enfants, et vécurent heureux jusqu'à la fin de leurs jours ! »

Matt Thomson n'était pas amoureux d'elle. Pour lui, Emma Gray n'était qu'une jeune femme qui s'était occupée de la maison et des enfants pendant quelques semaines, et qui l'avait réchauffé la nuit dans son lit. Et, depuis ce soir, elle était une femme qui l'avait trompé sur son identité. Ce qu'il ne lui pardonnerait sans doute jamais.

Il était donc temps de partir... Emilie Grayson finirait peut-être un jour par oublier Emma Gray. Mais jamais elle n'effacerait le visage de Matt Thomson de sa mémoire.

— Comment ? Elle est partie ?

Les poings sur les hanches, Matt lança un regard stupéfait à sa sœur.

Cela faisait une heure qu'il attendait dans la cuisine qu'Emma — ou plutôt Emilie — sorte de sa chambre, et voilà qu'il apprenait son départ par une tierce personne.

— Elle a laissé un petit mot pour chacune de tes filles, dit Stephanie.

Matt secoua la tête.

— Elle est partie, répéta-t-il, incrédule. Mais comment ?

Stephanie échangea un regard avec Ruth avant de répondre.

176

— Je l'ai conduite en ville. De là, elle a pris un car. C'est elle qui me l'a demandé, ajouta Stephanie, un peu gênée.

— Pour une fois que tu avais trouvé une femme formidable, tu l'as laissée filer comme un idiot, grommela Ruth, avec son franc-parler coutumier.

— Ce n'est pas moi qui lui ai demandé de partir, rétorqua Matt, furieux.

— Peut-être, mais tu n'as rien fait pour la retenir, observa Ruth.

Matt se tourna vers sa sœur.

— Tu t'es empressée de la conduire en ville en espérant qu'une fois Emma partie pour de bon tu pourrais emmener mes filles chez toi, n'est-ce pas ?

Il s'approcha de Stephanie, le visage sombre.

— Je garderai mes enfants, quoi qu'il arrive. C'est compris ?

Sa sœur éclata en sanglots.

— Ne pleure pas, je t'en prie, reprit-il aussitôt d'une voix adoucie. Il est normal que mes filles grandissent ici, Stephanie.

— Fiche la paix à Matt, Stephanie, dit Ruth d'un ton bourru. Va plutôt consacrer ton trop-plein d'amour maternel à des enfants abandonnés.

— C'est ce que pense Clay, avoua la jeune femme.

Ruth hocha la tête.

— Je serai ravie d'avoir d'autres petits-neveux ou nièces, même s'ils sont adoptés. Quant à toi, Matt, va chercher Emma. Je veux qu'elle revienne ici. Elle n'a pas terminé sa couverture au crochet.

— Non, marmonna Matt.

Il allait passer la journée à travailler dehors. Et la nuit aussi, pendant qu'il y était. En fait, il allait travailler jusqu'à en tomber d'épuisement. Comme cela, il n'aurait même plus l'énergie de penser à Emma.

— Tu vas le regretter, déclara Ruth en pointant le bout de sa canne vers son neveu.

— Elle nous a trompés, Ruth.

— Mais elle s'est rudement bien occupée de moi et des enfants. Et de toi aussi, ajouta-t-elle en fixant Matt d'un regard perçant.

— J'ai l'impression que tu allais l'embrasser quand je suis entrée dans la cuisine hier, renchérit Stephanie.

Matt prit son chapeau. Il avait intérêt à sortir d'ici, et vite. Ces deux femmes menaçaient de lui pourrir la vie.

— Ne te laisse pas aveugler par ton orgueil, Matt. Va la chercher, insista Ruth. Tu sais très bien que tu es amoureux d'elle.

— C'est vrai ? dit Stephanie en ouvrant de grands yeux.

— Emma t'aime aussi. Si tu la perds, ce sera ta faute.

— Elle allait en épouser un autre, gronda Matt.

— Et alors ? Si elle ne l'a pas fait, c'est qu'elle ne l'aimait pas.

Matt sortit sans répondre. S'il décidait un jour de se lancer à la poursuite d'Emma, ce serait lui qui en prendrait la décision. Pour l'instant, il avait du travail à faire.

— Tu as une vue splendide !

— C'est vrai.

Emilie avait répondu machinalement, sans même accorder un regard à la baie vitrée qui surplombait le lac Michigan. Cette vue, elle la connaissait par cœur, et Paula aussi, puisqu'elle habitait avec son mari dans l'immeuble voisin.

— Ton père finira par s'habituer à ton indépendance, avança Paula avec douceur, en voyant l'air triste de son amie.

— C'est probable.

George Grayson avait même invité sa fille à dîner, ce soir. En fin politicien, il avait vite compris qu'il ne pourrait plus contrôler Emilie comme il l'avait fait jusqu'à présent, et il avait décidé de changer de tactique. Ce dîner en tête à tête permettrait aux journalistes — qu'il avait fait discrètement prévenir — de prendre des photos de la réconciliation.

En attendant, Emilie était venue mesurer les fenêtres de son appartement pour commander les rideaux appropriés. Elle devait signer le bail cet après-midi.

— Ecoute, mon chou, tu es en train de déprimer. A mon avis, tu devrais retourner là-bas, suggéra Paula.

— Chez mon père? Pas question...

— Non. Au ranch. Avec les enfants. Et la vieille tante. Et... Le beau cow-boy, ajouta-t-elle, un large sourire aux lèvres, en regardant par-dessus son épaule.

— Je ne veux pas en entendre parler.

— Il le faudra, pourtant. Car il est là, Emilie. Juste derrière toi.

Emilie se retourna. L'homme qui se tenait devant elle était grand, brun, botté de cuir. Il avait les yeux sombres, le teint hâlé, et l'air passablement crispé. C'était bien Matt Thomson. En chair et en os.

— Que fais-tu ici? demanda-t-elle, stupéfaite.

— C'est ton père qui m'a donné l'adresse.

Il fit un pas, tendit la main à Paula.

— Je suis ravi de vous rencontrer.

— Moi aussi, monsieur Thomson, répondit cette dernière en lui serrant chaleureusement la main.

Elle se tourna vers son amie.

— Je vous laisse, tous les deux. A plus tard, Emilie.

Quand le bruit des talons hauts de Paula ne résonna plus sur le marbre du sol, Emilie leva les yeux vers Matt.

— Tu ne m'as pas répondu. Que fais-tu ici?

Il la fixa avec intensité.

— Je suis venu te demander de revenir au ranch avec moi.

Elle croisa les mains pour qu'il ne les voie pas trembler.

— Pourquoi? Tu n'arrives pas à trouver une autre baby-sitter?

— Je n'en ai pas cherché. Et ce n'est pas un job que je suis venu t'offrir, Emilie. C'est un mariage.

— Un... mariage ? répéta-t-elle dans un souffle.

Elle avait certainement mal entendu.

— Je crois que tu as toujours la robe, murmura Matt, bien plus ému qu'il ne le paraissait.

Ainsi, elle avait bien saisi, se dit Emilie. Dans ce cas, il était temps de lui soumettre son petit discours. Celui qu'elle avait préparé au cas où il viendrait la chercher.

— Si je me marie un jour, ce sera avec un homme qui m'aime vraiment, et non avec quelqu'un qui cherche une partenaire pour gagner une campagne électorale. Ou pour servir de mère à ses enfants.

Voilà. Elle lui avait donné son avis sur la question. Maintenant, il pouvait choisir de s'enfuir. Ou de rester.

— Ma femme m'a quitté, Emilie. Elle était tombée amoureuse de quelqu'un d'autre, et elle ne savait même pas si l'enfant qu'elle attendait était de lui ou de moi, déclara soudain Matt d'une voix enrouée. Le soir où elle a voulu partir, il pleuvait. Les routes étaient glissantes, elle allait beaucoup trop vite. L'accident était inévitable...

Il inspira profondément, les yeux dans ceux de la jeune femme.

— Après cela, j'ai pensé que je ne pourrais plus jamais demander quelqu'un en mariage.

— Je comprends, murmura Emilie.

Il ne lui avait toujours pas dit qu'il l'aimait.

— J'ai demandé à ton père son accord. C'est un peu démodé, mais je crois que cela lui a fait plaisir, reprit Matt. Quand je l'ai quitté, il avait l'air de s'entendre plutôt bien avec les filles.

— Tu as amené les enfants ? A Chicago ? Chez mon père ? demanda Emilie, abasourdie.

Il s'approcha d'elle, posa les mains sur ses épaules.

— Je voulais qu'elles assistent au mariage.

Ce fut au tour d'Emilie de prendre une grande inspiration.

— Je ne vais pas t'épouser, Matt.

Il pâlit sous son hâle.

— Pourquoi? Tu t'es réconciliée avec ton ex-fiancé?

Elle sourit d'un air malicieux.

— Non... Et tu n'as rien à craindre de Ken. Je ne l'intéresse absolument pas et je ne l'intéresserai jamais.

— Pourquoi?

— Parce qu'il est homosexuel. La personne qu'il était en train d'embrasser, juste avant notre mariage, c'était un homme. C'est pour cela que je me suis enfuie. Je ne voulais pas que la presse fasse un scandale. Ken n'est pas méchant, et il a le droit d'avoir une vie privée.

— Et toi, tu as le droit d'avoir un mari, dit Matt. Reviens au ranch avec moi, Emilie.

Elle le regarda droit dans les yeux.

— Est-ce que tu m'aimes?

— Je ne serais pas là si je ne t'aimais pas, répondit-il d'un ton bourru.

— Je veux que tu me le dises, Matt. Ne serait-ce qu'une fois.

Elle était sérieuse, pensa Matt. Il soupira.

— Je t'aime, Emilie. Est-ce que tu veux bien m'épouser? Et m'embrasser dès que tu auras dit « oui »?

— Dis-le encore une fois, exigea-t-elle, les yeux brillants d'émotion.

— Je t'aime. Pour le meilleur et pour le pire. Que tu t'appelles Emma ou Emilie, et que tu portes des bottes de cow-boy ou des ballerines roses...

Cette fois, il l'avait conquise. Elle se dressa sur la pointe des pieds et lui enlaça la nuque.

— Je t'aime, Matt. Et quand je t'aurai épousé, je te préviens que je ne te lâcherai plus, pendant de longues, très longues années.

Toute une vie, en fait, songea-t-elle avec bonheur. Son histoire ressemblait aux contes de fées qui l'avaient tant fait rêver quand elle était une petite fille qui se sentait très seule le soir, dans le dortoir du pensionnat. Comme la princesse du conte, elle avait rencontré son prince charmant; elle allait l'épouser, ils auraient beaucoup d'enfants, et ils vivraient heureux jusqu'à la fin de leurs jours... Du moins, c'était le programme qu'elle venait de se fixer, et qu'elle avait bien l'intention de réaliser.

Le nouveau visage
de la collection Or

◆

AMOURS D'AUJOURD'HUI

Afin de mieux exprimer sa modernité et de vous séduire encore davantage, votre collection Or a changé de couverture et de nom depuis le 1er mars 1995.

Rassurez-vous, les romans, eux, ne changent pas, et vous pourrez retrouver dans la collection **Amours d'Aujourd'hui** tous vos auteurs préférés.

Comme chaque mois, en effet, vous y attendent des héros d'aujourd'hui, aux prises avec des passions fortes et des situations difficiles...

COLLECTION
AMOURS D'AUJOURD'HUI :
Quand l'amour guérit des blessures de la vie...

Chère lectrice,

Vous nous êtes fidèle depuis longtemps?
Vous venez de faire notre connaissance?

C'est pour votre plaisir que nous avons
imaginé un rendez-vous chaque mois
avec vos auteurs préférés, vos
AUTEURS VEDETTE dans les
collections Azur et Horizon.

Les **AUTEURS VEDETTE** vous
donneront rendez-vous pour de
nouveaux livres vedette.

Pour les reconnaître, cherchez
l'étoile... Elle vous guidera!

Éditions Harlequin

HARLEQUIN

LE FORUM DES LECTEURS ET LECTRICES

CHERS(ES) LECTEURS ET LECTRICES,

VOUS NOUS ETES FIDÈLES DEPUIS LONGTEMPS?

VOUS VENEZ DE FAIRE NOTRE CONNAISSANCE?

SI VOUS AVEZ DES COMMENTAIRES, DES CRITIQUES À
FORMULER, DES SUGGESTIONS À OFFRIR, N'HÉSITEZ
PAS... ÉCRIVEZ-NOUS À:
       LES ENTREPRISES HARLEQUIN LTÉE.
       498 RUE ODILE
       FABREVILLE, LAVAL, QUÉBEC.
       H7R 5X1

C'EST AVEC VOS PRÉCIEUX COMMENTAIRES QUE NOUS
ALLONS POUVOIR MIEUX VOUS SERVIR.

DE PLUS, SI VOUS DÉSIREZ RECEVOIR UNE OU
PLUSIEURS DE VOS SÉRIES HARLEQUIN PRÉFÉRÉE(S)
À VOTRE DOMICILE, NE TARDEZ PAS À CONTACTER LE
SERVICE D'ABONNEMENT; EN APPELANT AU
(514) 875-4444 (RÉGION DE MONTRÉAL) OU 1-800-667-4444
(EXTÉRIEUR DE MONTRÉAL) OU TÉLÉCOPIEUR
(514) 523-4444 OU COURRIER ELECTRONIQUE:
AQCOURRIER@ABONNEMENT.QC.CA OU EN ÉCRIVANT À:
       ABONNEMENT QUÉBEC
       525 RUE LOUIS-PASTEUR
       BOUCHERVILLE, QUÉBEC
       J4B 8E7

MERCI, À L'AVANCE, DE VOTRE COOPÉRATION.

BONNE LECTURE.

HARLEQUIN.

VOTRE PASSEPORT POUR LE MONDE DE L'AMOUR.

COLLECTION HORIZON

Des histoires d'amour romantiques qui vous mènent au bout du monde!

Découvrez la passion et les vives émotions qu'apportent à la Collection Horizon des auteurs de renommée internationale!

Captivantes, voire irrésistibles, ces histoires d'amour vous iront assurément droit au coeur.

Surveillez nos quatre nouveaux titres chaque mois!

La COLLECTION AZUR

Offre une lecture rapide et

- ☑ stimulante
- ☑ poignante
- ☑ exotique
- ☑ contemporaine
- ☑ romantique
- ☑ passionnée
- ☑ sensationnelle!

COLLECTION AZUR... des histoires d'amour traditionnelles qui vous mènent au bout du monde! Six nouveaux titres chaque mois.

GEN-AZ

Composé sur le serveur d'Euronumérique, à Montrouge
PAR LES ÉDITIONS HARLEQUIN
Achevé d'imprimer en mai 1999
sur les presses de l'Imprimerie Bussière
à Saint-Amand-Montrond (Cher)
Dépôt légal : juin 1999
N° d'imprimeur : 855 — N° d'éditeur : 7651

Imprimé en France